Diogenes Taschenbuch 21052

detebe

Brg, den 30.11.83

Hans Neff

XAP

oder

Müssen Sie arbeiten? fragte der Computer

Ein fabelhafter Tatsachenroman

Lieber Siggi!

Alles Liebe zu Deinem 31. Geburtstag wünscht Dir

Conny

Diogenes

Die Erstausgabe erschien 1973
im Diogenes Verlag
Umschlagzeichnung von Tomi Ungerer

Veröffentlicht als Diogenes Taschenbuch, 1983

40/83/8/2
ISBN 3 257 21052 3

»... für jedermann ein absolutes Muß!«
Schöne Hefte für Literatur, Berlin

Inhalt

1. Kapitel,
über dessen Inhalt aus einem bestimmten Grund, wie Sie sehen werden, an dieser Stelle noch geschwiegen wird.

Da ich selbst eifriger Nichtleser von Vorworten bin, anderseits aber in diesem Fall von der Notwendigkeit eines solchen überzeugt wurde, habe ich mir die Freiheit genommen, das folgende Vorwort als erstes Kapitel zu tarnen.

Geschichten lesen kann unterhaltsam sein, meine Damen und Herren, auf alle Fälle ist es nicht sehr anstrengend; sie zu schreiben aber ist qualvoll. Dieses Buch, zum Beispiel, hat mir unendlich viele schlaflose Nächte bereitet, weil sich künstlerischer Formensinn, der Wunsch nach Originalität und der nach Authentizität in mir aufs härteste bekämpften; denn diese Geschichte ist eine wahre Geschichte, die sich bereits ereignet, ja sogar schon ereignet hat, haben wird.

Die Hauptperson unserer Geschichte ist Russe und heißt außerdem noch Iwan Iwanowitsch, als ob nicht schon ersteres ein Schlag ins Gesicht all jener wäre, die das Originelle lieben. Demzufolge schrieb ich dann Fassungen, in denen ich dem Russen den Namen Pietr Pietrowitsch gab, was, wie Sie zugeben müssen, bereits eine echte Verbesserung war, oder ihn gar in einen Franzosen beziehungsweise Abessinier verwandelte. Ethische Bedenken führten mich aber schließlich wieder zu der, Ihnen hiermit vorliegenden, einzig authentischen Fassung, obwohl sie mit Abstand die schlechteste von allen ist.

Zweites 1. Kapitel,

das darüber berichtet,
wo und wie Iwan Iwanowitsch wohnt,
wo und als was er arbeitet,
wie alt er ist und wie
er aussieht.

Erkundigt man sich bei der Moskauer Kartographischen Anstalt, wie viele Ortschaften es in der Sowjetunion denn gebe, wird einem mitgeteilt, daß es viele sind, was nicht sehr präzise ist. Deshalb sind wir auch recht froh, daß es für uns unerheblich ist, wie viele Ortschaften es in Rußland gibt, uns interessieren nämlich, im Moment wenigstens, nur zwei davon: die kleine Ortschaft Workursk und die noch kleinere Ortschaft Kobolsk.

Workursk ist ein kleines Städtchen mit herumstreunenden Katzen, voneinander isoliert dastehenden Backsteinhäusern und einem rechteckigen Dorfplatz, der heute Parkplatz für verirrte Touristenbusse ist und an dessen einer Querseite die Sparkasse steht, das mit seinen vier Stockwerken höchste Gebäude Workursks. Hier arbeitet Iwan Iwanowitsch als Buchhalter zweiter Klasse.
Niemand würde dem Gebäude die Sparkasse ansehen, denn früher war es die Villa irgendeines reichen Kerls, dem man sie aber mit dem dazugehörenden Park, den man in einen Dorfplatz, beziehungsweise, später, in einen Parkplatz umwandelte, im Zuge der Revolution wegnahm. Eine marmorne Tafel neben dem Haupteingang erinnert an diese historische Tat und berichtet außerdem, daß sich der Besitzer, als er erfahren hatte, daß er nicht einmal seine kostbare Tabakspfeifensammlung behalten durfte, aus dem vierten Stock seines Hauses gestürzt habe und unten, gekrümmt in Form einer Tabakspfeife, tot liegen-

geblieben sei. – Jedes Kind in Workursk kennt diese Geschichte; sie ist das beliebteste Zeichnungs- und Aufsatzthema an der örtlichen Elementarschule.

Hat man die Sparkasse durch den Haupteingang betreten, führt einem eine weiße Marmortreppe in den ersten Stock, wobei man beim Besteigen derselben höllisch aufpassen muß, weil die Putzfrau ab und zu, oder eigentlich immer, vergessen hat, die eine oder andere der Messingstangen einzuhängen, die den Teppichläufer auf den einzelnen Treppenstufen fixieren. Oben angekommen, stößt man den einen Flügel der großen Holz- und Glas-Doppeltüre zur Seite und gelangt so in die Schalterhalle. Hier arbeiten vier Kassierer, einer für je fünfhundert Einwohner, wie es das Reglement vorschreibt. Und weil in Workursk wenig gespart wird, haben die Kassierer nicht viel zu tun. Iwan Iwanowitsch, eine Türe weiter, zweimal klopfen, ergeht es ebenso.

Iwan Iwanowitsch ist hundertundfünfundsechzig Zentimeter groß, eher korpulent, zwischen fünfzig und sechzig Jahre alt, unverheiratet und hat noch bemerkenswert viele Haare auf dem Kopf. Er rasiert sich jeden zweiten bis dritten Tag, und zur Arbeit zieht er Hemdenschoner aus schwarzem Wachstuch über, von denen der eine mit zwei kreuzweise übereinandergeklebten, rosaroten Heftpflastern geflickt ist. Iwan Iwanowitsch hat auch eine Sekretärin, die nichts kann; sie ist die Schwester des Chefs.

Runde fünfzig Kilometer von Workursk entfernt liegt das etwa dreihundert Seelen zählende Pensionistendorf Kobolsk. Iwan Iwanowitsch und seine Mutter, genannt Mama Kolokol, leben hier in einem dunklen Holzhäuschen mit weiß umrandeten Fenstern und einem kleinen Gemüsegarten an der Juri-Gagarin-Straße. Iwan Iwanowitschs Vater war Eisenbahner und starb während des Zweiten Weltkrieges an einem Herzinfarkt; sein Bild hängt in verschiedenen Ausführungen an der Stubenwand.

II. Kapitel,
dessen Inhalt ebensogut dem vorangegangenen Kapitel hätte angehängt werden können.

Jeden Morgen, außer sonntags, fährt Iwan Iwanowitsch von Kobolsk nach Workursk und jeden Abend, außer sonntags, von Workursk nach Kobolsk. Eine Bus- oder Zugverbindung zwischen Kobolsk und Workursk gibt es nicht, nein, Iwan Iwanowitsch hat ein eigenes Auto, das er – abgesehen davon, daß man als nebenamtlicher Leiter zweier Blasmusikkapellen natürlich gewisse Privilegien hat – einer persönlichen Freundschaft verdankt, deren Intensität er durch ein allseits bekanntes Mittel noch zu steigern vermochte, so daß er recht schnell vom untersten Ende der Autoanwärterliste nach oben rutschte.

Für all diejenigen, die auch ein Auto haben und gerne vergleichen möchten: Iwan Iwanowitsch fährt einen luftgekühlten Gogol mit 1167 Kubikzentimetern, einem Verbrauch von acht Litern Normalbenzin pro hundert Kilometer, Blattfedern, ohne Servolenkung und ohne Rallye-GT-Sitze aus schweißabsorbierendem Material. (Umfassendere Daten finden Sie übrigens in meinem demnächst erscheinenden Werk ›Die russischen Automobile von 1920–1996‹.)

III. Kapitel,
dessen Inhalt nicht an das vorangegangene Kapitel hätte angehängt werden können.

(Zu diesem Kapitel wäre, der Vollständigkeit halber, noch zu erwähnen, daß, als ich eines Abends aus den Ferien heimkam, der Hauswart, der übrigens ein völlig ungebildeter Mensch ist, mich mit der Behauptung verärgerte, das dritte Kapitel des Manuskriptes, welches in meinem Küchenschrank liege, habe so viel oder so wenig Existenzberechtigung als eigenständiges Kapitel wie das vorangegangene. Dabei widersprachen ihm aber äußerst energisch seine Frau (sic!), Frau Müller 47 – Müller 11 vom einundzwanzigsten und Luisa Patozuffi vom dreißigsten Stock. Die ebengenannten Damen können als völlig unparteiisch bezeichnet werden, da ich weder mit der einen noch mit der anderen liiert bin.)

Dritter August, sechs Uhr vierundfünfzig, sieben Kilometer westlich von Workursk, auf der Straße nach Kobolsk. Iwan Iwanowitsch fuhr in seinem blauen Gogol nach Hause.

(Daß ich Ihnen die folgende Geschichte im Imperfekt erzählen werde, verdanken Sie dem Umstand, daß dies der unwiderstehliche Wunsch eines meiner Gläubiger war, der das Buch seinem älteren Sohn Fritz, welcher damals die Bildung des Imperfektes nur sehr mangelhaft beherrschte, als lehrreiches Geschenk zum Geburtstag geben wollte.)

Die Sonne hing glutrot über der Ebene. Iwan Iwanowitsch schien sie, obwohl sie immer auf gleicher Höhe mit seinem Auto blieb, mit atemberaubender Geschwindigkeit über die Felder zu rasen.

Iwan Iwanowitsch fuhr langsam und mit geöffneten

Fenstern. Die Luft draußen war warm, fast schwül. Es war ein anstrengender Tag gewesen, denn wie jedes Jahr im August mußte Iwan Iwanowitsch Blöcke und Kurven für die Jahresstatistik berechnen, zeichnen und mit den amtlich vorgeschriebenen Farben bemalen.

Um so mehr freute sich Iwan Iwanowitsch heimzukommen, der Mutter einen Kuß zu geben, abendzuessen, der Mutter einen Kuß zu geben, auf sein Zimmer zu gehen, sich auszuziehen, die Fenster zu öffnen, sich ins Bett zu legen und ein Viertelseitchen zu lesen, um dann schließlich von der Art wohltuender Müdigkeit überfallen zu werden, die die Augenlider immer wieder und immer erfolgreicher herunterzuziehen vermag.

Nach Kilometerstein acht, dort wo sich der neben der Straße fließende Bach zu einem kleinen, von quakenden Fröschen bewohnten See verbreitert, begann der Motor zu stottern, vier knallende Explosionen folgten, dann setzte die Zündung aus.

Iwan Iwanowitsch ließ den Wagen ausrollen und drehte den Zündungsschlüssel; der Anlasser rührte sich nicht. Da dies auf einen elektrischen Defekt hindeutete, betätigte er auch noch den Lichtschalter, den Schalter für den Scheibenwischer, den für das Heizungsgebläse und versuchte zu hupen. Nichts von alledem funktionierte.

Iwan Iwanowitsch stieg aus, öffnete die Motorhaube, prüfte die Leitungen von und zur Batterie, knallte die Motorhaube wieder zu, stieg wieder ein, versuchte alles von neuem, lief rot an, fluchte, stieg wieder aus, versetzte dem Auto einen kräftigen Tritt und kroch schließlich, ohne genau zu wissen, warum, unter das Automobil, um auch dort nachzusehen und nichts unversucht zu lassen.

Dem erfahrenen Leser, und so einer sind Sie bestimmt, ist die obige Formulierung »ohne genau zu wissen, warum« natürlich sofort aufgefallen, denn sie deutet geradezu unmißverständlich darauf hin, daß Iwan Iwanowitsch die Ursache für den technischen Defekt tatsächlich, wider Erwarten, unter dem Auto fand. Es war dies aber lediglich ein literarischer Kunstgriff, den ich angewandt habe, um die ohnehin schon nervenzerreißende Spannung, soweit möglich, noch weiter zu erhöhen. Unter dem Auto geschah nämlich auch nichts Außergewöhnliches. Nur, als Iwan Iwanowitsch mit den Füßen voran und auf dem Rücken unter dem Wagen hervorgekrochen kam und deshalb, sobald er seinen Kopf nicht mehr unter dem Karosserieboden hatte, nach oben in den Himmel schaute, sah er, daß knapp zehn Meter über seinem Auto ein etwa achtzig Meter breites, diskusförmiges Objekt schwebte, dessen silbern glänzende, metallene, blankpolierte Oberfläche Iwan Iwanowitsch, das Automobil und die Umgebung deutlich und nur leicht verzerrt widerspiegelte und fugenlos aus einem Guß zu bestehen schien.

Iwan Iwanowitsch richtete sich langsam auf, ohne dabei das Objekt aus den Augen zu lassen, was angesichts dessen Größe auch nicht gut möglich gewesen wäre, blieb einen Augenblick stehen und rannte los. Er rannte so schnell er konnte, aber auch das Objekt setzte sich in Bewegung, und zwar so, daß es immer genau über ihm schwebte. Er bemerkte es und schlug einige Haken, aber jedesmal, wenn er den Blick hob, war das Objekt noch da, er sah sich, sein vor Angst und Anstrengung verzerrtes Gesicht und die grüne Wiese mit den weißen Margeriten, über die er rannte.

Da Iwan Iwanowitsch bald völlig erschöpft war und eine Flucht unter diesen Umständen aussichtslos erschien, gab er das Rennen auf und ließ sich keuchend, vor Angst und Erschöpfung zitternd, ins Gras fallen.

Das Objekt flog noch ein paar Meter weiter, fuhr an seiner Unterseite drei lange, stählerne Stützen aus und setzte sich, leise nachschaukelnd, auf die Erde.

Dann wuchs aus seiner Mittelachse ein dickes, transistorradioantennenartiges Teleskoprohr und berührte den Boden.

In dem Rohr schien sich ein Lift zu befinden, denn unten ging eine Schiebetür auf, und drei Männer erschienen in der Türöffnung.

Sie waren etwa ein Meter zwanzig groß, blattgrün, hatten helle Haare und trugen blendendweiße Raumanzüge, die nur Kopf und Unterarme unbedeckt ließen. Ansonsten sahen sie aber wie Menschen aus, abgesehen vielleicht noch davon, daß der eine von ihnen ein goldenes Ohr hatte. Die Männer kamen langsam auf Iwan Iwanowitsch zu, blieben vor ihm stehen und starrten ihn fasziniert an, wobei Iwan Iwanowitsch, trotz seiner ungeheuren Angst, nicht minder fasziniert zurückglotzte.

Der Mann mit dem goldenen Ohr faßte sich als erster, wandte sich an den kleineren seiner beiden Kollegen und schrie: »Xap!«

»O xap?« gab dieser fragend zurück.

»Es xap«, bestätigte der Mann mit dem goldenen Ohr ein wenig ruhiger, worauf der Mann, den er zuerst angeschrien hatte, einen langen, mattschwarz glänzenden Gegenstand, den er bis jetzt hinter seinem Rücken verborgen gehalten hatte, hervorholte und ihn Iwan Iwanowitsch auf den Kopf schlug. Dieser hatte eben noch Zeit, sich zu sagen, daß es sich hierbei um einen Gummiknüppel gehandelt haben mußte, und fiel in Ohnmacht.

IV. Kapitel,
das darüber berichtet,
wie Iwan Iwanowitsch Leute kennenlernte,
die Russisch
mit amerikanischem Akzent
sprachen.

Iwan Iwanowitsch träumte von roten und gelben Benzinzapftankstellensäulen, die ihn verfolgten und ihn mit ihren schwarzen Gummischläuchen zu erwürgen drohten.
Als ihn die erste Tanksäule eingeholt hatte und ihren langen Gummischlauch um seinen Hals wand, erwachte er mit einem lauten Schrei und versuchte sich aufzurichten, was er aber gleich wieder aufgab, denn sein Schädel schien bei der kleinsten Erschütterung explodieren zu wollen.
Eine Stimme dicht neben seinem linken Ohr fragte ihn leise auf russisch mit amerikanischem Akzent: »Haben Sie Kopfweh?«
»Ja«, antwortete Iwan Iwanowitsch, ohne die Augen zu öffnen.
»434, zwölf Kopfwehtabletten!« befahl die Stimme von vorhin.
»Zwölf?« fragte jemand erstaunt; wahrscheinlich handelte es sich dabei um 434.
»Ja, du Dummkopf! Er ist mindestens zweimal so schwer wie wir!« Darauf entgegnete 434 nichts, vermutlich beschränkte er sich darauf, gleichgültig mit den Achseln zu zucken, denn nach einer Weile sagte die erste Stimme ein wenig freundlicher: »Na also!« Und: »Daran wird er wohl nicht eingehen.«
Sofort ertönte brüllendes Gelächter, was darauf hindeutete, daß mehrere Leute in der Nähe waren, und Iwan Iwanowitsch bewog, die Augen auch weiterhin geschlossen zu halten.
Dann drückte man ihm eine Tasse in die Hand und

bat ihn zu trinken. Iwan Iwanowitsch richtete sich sorgfältig, jede allzu heftige Bewegung vermeidend und immer noch mit geschlossenen Augen, auf und trank; sein Kopfweh verschwand, und nach kurzer Zeit durchströmte ihn ein warmes Glücksgefühl. Er öffnete die Augen und schaute um sich.

Iwan Iwanowitsch befand sich in einem großen, halbkugeligen Raum, dessen kuppelförmiges Dach aus einem durchsichtigen, glasartigen Material bestand.

Draußen schien Nacht zu sein, und nur wenige, äußerst lichtstarke Sterne vermochten die von der Innenbeleuchtung hervorgerufenen und an der Innenseite der Kuppel abgebildeten Lichtreflexe zu überstrahlen und damit für die Insassen sichtbar zu werden.

Etwa dreißig Männer umstanden das stählerne, operationstischähnliche Bett in der Mitte des Raumes, auf dem Iwan Iwanowitsch seine Ohnmacht ausgeschlafen hatte. Sie waren um einen Meter zwanzig groß, grün, mit roten Nasen und so weiter, wie die Männer, denen Iwan Iwanowitsch bereits begegnet war. Drei von ihnen hatten ein goldenes Ohr, und ein anderer, der zwei goldene Ohren hatte, stand ein wenig abseits.

Man hatte Iwan Iwanowitsch die Kleider ausgezogen, er war nackt und genierte sich. Der Mann mit den zwei goldenen Ohren, der dies bemerkte, schickte seine Kollegen weg, und als einige zögerten, seinem Befehl nachzukommen, sagte er: »Geht schon! Ihr seht doch, daß er ungefährlich ist!«

(Durch diese Bemerkung fühlte sich Iwan Iwanowitsch beleidigt, obwohl er noch nie gefährlich auszusehen im Sinn gehabt hatte.)

Nachdem die Männer den Raum verlassen hatten, gab der Mann mit den zwei goldenen Ohren Iwan Iwanowitsch einen silbernen Raumanzug zum Anziehen. Dann setzten sie sich an ein kleines Tischchen, worauf der Mann mit den zwei goldenen Ohren so begann: »...

(Nun, meine Damen und Herren, folgt, wie Sie sich denken können, eine längere Konversation, deren Inhalt einerseits fundamental für das weitere Verständnis der Geschichte ist, deren poetische Schilderung andererseits meinen poetischen Durchhaltewillen bei weitem überfordert. Ich habe das Gespräch deshalb in einer dramatisierten Fassung aufgezeichnet, die sich übrigens, wie mir verschiedentlich versichert wurde, ausgezeichnet zu Liebhaberaufführungen an langen Winterabenden eignet.)

Der Mann mit den zwei goldenen Ohren: »Wie heißen Sie eigentlich?«

Iwan Iwanowitsch: »Iwan Iwanowitsch.«

Der Mann mit den zwei goldenen Ohren: »Die Pillen, die wir Ihnen, Iwan Iwanawitsch ...«

Iwan Iwanowitsch: »Iwanowitsch!«

Der Mann mit den zwei goldenen Ohren: »... – vorhin gegeben haben, sollten Ihnen auch ein wenig die Angst vor uns nehmen – was, wie mir scheint, gelungen ist.«

Iwan Iwanowitsch: »Sind Sie Amerikaner?«

Der Mann mit den zwei goldenen Ohren: »Nein. Sehen Amerikaner so aus?«

Iwan Iwanowitsch: »Nein, ich glaube nicht. Aber Sie sprechen Russisch mit amerikanischem Akzent.«

Der Mann mit den zwei goldenen Ohren: »Verdammte Scheiße! Dann wars also doch ein amerikanischer Geheimagent, den wir damals in Rußland gefangen haben!« Und nach einer längeren Pause: »Sie müssen wissen, daß wir vor einiger Zeit angefangen haben, die Erde zu erforschen, und um Russisch zu lernen, fingen wir diesen Mann, der, trotz unserem stark aufkeimenden und ihm gegenüber auch immer wieder geäußerten Verdacht, hartnäckig leugnete, ein amerikanischer Geheimagent zu sein. was mir übrigens unverständlich ist!« (Mir auch!) »Leider dachten wir nie daran, unser Russisch noch einmal zu überprüfen!«

Iwan Iwanowitsch: »Was haben Sie mit dem Gefangenen gemacht?«

Der Mann mit den zwei goldenen Ohren: »Das wissen Sie doch.«

Iwan Iwanowitsch: »Nein, ich meine nachher, als Sie ihn nicht mehr gebraucht haben.«

Der Mann mit den zwei goldenen Ohren: »Ach so: – wir brachten ihn wieder auf die Erde.«

Iwan Iwanowitsch: »Glauben Sie nicht, daß er allen von Ihnen erzählt hat?«

Der Mann mit den zwei goldenen Ohren: »Schon möglich. – Man wird ihn in ein Irrenhaus gesteckt haben.«

Iwan Iwanowitsch: »Bringen Sie mich auch wieder auf die Erde?«

Der Mann mit den zwei goldenen Ohren: »Weiß ich nicht!«

Iwan Iwanowitsch: »Diese Pillen, die Sie mir da gegeben haben, sind ganz außerordentlich! Ich rege mich überhaupt nicht über Sie auf.«

Der Mann mit den zwei goldenen Ohren: »Die wirken meistens.«

Iwan Iwanowitsch: »Warum haben Sie gerade mich gefangen?«

Der Mann mit den zwei goldenen Ohren (ironisch): »Gerade Sie? – Bilden Sie sich nur nicht ein, ein speziell schönes Exemplar zu sein! – Wie alt sind Sie überhaupt? Dreihundert Jahre?«

Iwan Iwanowitsch (beleidigt): »Neunundfünfzig!«

Der Mann mit den zwei goldenen Ohren: »Daß wir Sie gefangen haben, war reiner Zufall! Es hat sich eben so ergeben! Glauben Sie nur nicht, daß ich darüber glücklich bin!«

Iwan Iwanowitsch (noch beleidigter): » – «

Der Mann mit den zwei goldenen Ohren: »Wir fliegen übrigens mit vierundzwanzigfacher Lichtgeschwindigkeit und sind in ungefähr drei Erdenstunden auf unserem Planeten.«

Iwan Iwanowitsch: »Wie machen Sie das?«

Der Mann mit den zwei goldenen Ohren: »Was?«

Iwan Iwanowitsch: »So schnell fliegen!«

Der Mann mit den zwei goldenen Ohren: »Wir fliegen mit Abstoßungskräften. Für Sie ist das aber viel zu kompliziert!«

Iwan Iwanowitsch: »Können Sie mir wenigstens sagen, warum Sie mich gefangen haben?«

Der Mann mit den zwei goldenen Ohren: »Wir haben nur den Auftrag bekommen, irgendeinen Menschen zu fangen. Warum, weiß ich auch nicht. – Möchten Sie sonst noch etwas wissen?«

Iwan Iwanowitsch: »Nein!«

Der Mann mit den zwei goldenen Ohren: »Hier ist

eine Informationsbroschüre über unseren Planeten. Bitte lesen Sie das einmal durch!« (Er gibt Iwan Iwanowitsch die Broschüre, ein hellblaues Heft, und verläßt den Raum.)

v. Kapitel:
Informationsbroschüre über den Dritten Planeten im Abraxasnebel. Russische Ausgabe.

Die Geschichte des Dritten Planeten im Abraxasnebel

Im Jahre Null unserer Zeitrechnung – Zeit- und andere Begriffe wurden in dieser Broschüre so weit als möglich irdischen Begriffen angepaßt – zerschellte ein Großraumschiff mit sechshundert Menschen und Animals* an Bord auf unserem Planeten, wobei es zwei Überlebende gab, einen Mann und eine Frau. Diese zeugten Kinder, die sie mit Hilfe der beim Absturz intakt gebliebenen technischen Geräte mühelos zu ernähren imstande waren.

Die Herkunft dieses Großraumschiffes, und somit auch unsere Abstammung, liegen heute noch im dunkeln, da die beiden Überlebenden stumm sind und sich auch sonst keine entsprechenden Hinweise finden ließen.

Wir leben heute in der sechzehnten, der x-Generation und haben noch keinen einzigen Krieg geführt, da wir von Bodenschätzen und anderen materiellen Gütern unabhängig sind.

Die Geographie des Dritten Planeten im Abraxasnebel

Der Umfang unseres Planeten beträgt zirka 15 000 Kilometer, die Oberfläche ungefähr 72 Millionen Quadratkilometer, und davon sind rund vier Fünftel mit Wasser bedeckt.

* Animals (englisch = Tiere). Ist authentisch und kein Druckfehler! – Der Autor.

Bei Beginn der Kolonisation war das Land unregelmäßig über den ganzen Planeten verteilt, wurde dann aber von uns, im Zuge derselben, in der zwölften Generation abgetragen und in ringförmige Inseln ummodelliert, die in regelmäßiger Anordnung über den ganzen Planeten verteilt wurden und zum größten Teil noch unbewohnt sind.
Diese ringförmigen Inseln, die einen Durchmesser von vierzig Kilometern haben, weisen in einem Zweikilometerabstand von der Küstenlinie und parallel zu derselben einen achttausend Meter hohen Bergrücken auf, der das Zentrum, in dem sich ein Süßwassersee mit einem Durchmesser von acht Kilometern befindet, vor den äußerst heftigen Seewinden schützt.

Die Besiedelung des Dritten Planeten im Abraxasnebel

Die 19 200 Bewohner unseres Planeten leben zu je 300 auf einer Insel.
Sowohl das innere, von der Bergkette geschützte Land wie der äußere Küstenstreifen dienen ausschließlich als Wohn- und Erholungsgebiet, da der heute erreichte technische Stand eine industrielle oder landwirtschaftliche Produktion überflüssig macht.
Jede Familie – sie besteht zumeist aus Vater, Mutter, Kindern und irgendwelchen Verwandten – besitzt außer einem Haus in der Stadt, die sich im Innern der Insel befindet, ein mobiles Eigenheim, mit

dem sie, sofern sie dazu Lust hat, beliebig auf der Insel umherziehen kann.

Hat sich die Bevölkerung einer Kommune* stark vermehrt und fühlt sie sich deshalb eingeengt, besiedeln durch das Los bestimmte Familien, zusammen mit ebensolchen Familien von anderen Kommunen, eine noch unbewohnte Insel.

Die Sprache des Dritten Planeten im Abraxasnebel

Unsere Sprache setzt sich aus den Lauten ›a, ce, e, ha, i, el, em, en, o, phe, er, es, the, u, vau, ix‹ zusammen.

Sollten eines Tages alle noch einigermaßen aussprechbaren Kombinationsmöglichkeiten mit diesen sechzehn Lauten erschöpft sein, werden wir, falls ein echter Bedarf entsteht, einen weiteren, siebzehnten Laut entwickeln. (Vielleicht so etwas Ähnliches wie ›be‹ oder ›ef‹!)

Die Politik auf dem Dritten Planeten im Abraxasnebel

Politik wird bei uns keine betrieben, weil jede Insel, ja sogar schon jede Familie Selbstversorger ist.

Trotzdem gibt es einen lebenslänglich amtierenden, durch das Los bestimmten obersten Chef, den wir

* Kommune = besiedelte Insel

Aoa nennen, dessen Aufgabenbereich in der Außenpolitik liegt. Das heißt, er leitet die Erforschung anderer Planeten und verhandelt mit fremden Regierungen.
Seine Insel ist etwas größer als die anderen und die einzige, die sich mit der Entwicklung, der Produktion und der gleichmäßigen, natürlich unentgeltlichen, Verteilung von neuen technischen Geräten befaßt.

Die Flora auf dem Dritten Planeten im Abraxasnebel

Die Inseln sind fast völlig mit Wald bedeckt, der aus drei Meter hohen, nadelholzartigen Bäumen besteht und von zahlreichen mit Moos bewachsenen Lichtungen durchbrochen wird.

Die Fauna auf dem Dritten Planeten im Abraxasnebel

Die Animals sind ausschließlich Pflanzenfresser, Säugetiere, Wasser- oder Landbewohner und zwischen einem Zentimeter und einem Meter groß.

Die Bewohner des Dritten Planeten im Abraxasnebel

Der Bewohner des Dritten Planeten im Abraxasnebel ist zwischen ein Meter und ein Meter dreißig groß.

Sein Gewicht beträgt auf der Erde etwa fünfundvierzig Kilogramm, auf seinem Heimatplaneten das Doppelte.
Seine Fortpflanzung ist identisch mit der des Menschen.
Seine Hautfarbe ist grün, mit ihr vollzieht er die Assimilation, das heißt die Herstellung von lebenswichtigen Stoffen mit dem in der Luft enthaltenen Kohlendioxyd und unter Zuhilfenahme von Lichtenergie. Außerdem nimmt er selbst hergestellte Vitaminpräparate zu sich, die das Verspeisen von Animals, die er heute nur noch zu Festen ißt, überflüssig machen.
Das erreichbare Alter der Bewohner ist, da bis heute noch niemand starb, unbekannt.

Die Bildungsinstitutionen auf dem Dritten Planeten im Abraxasnebel

Die Schulen arbeiten mit elektronischen Lehrern. Der Besuch des Unterrichts kann zu jeder Tageszeit, in jedem beliebigen Alter erfolgen und ist freiwillig.
Die einzelnen Fächer befassen sich mit Landwirtschaft, die viele als Hobby betreiben, Dichtung, Musik, Kunst im allgemeinen, Sport, Medizin und Elektronik.
Die Absolventen der Elektronikkurse siedeln häufig auf die Insel des Aoa über, um dort freiwillig als Elektroniker zu arbeiten.

Im Namen der Bewohner des Dritten Planeten im Abraxasnebel — Der Aoa —

VI. Kapitel *oder*
Wie die wundersamen Abenteuer des Iwan Iwanowitsch ihren Fortgang nahmen.

Iwan Iwanowitsch legte die Informationsbroschüre über den Dritten Planeten im Abraxasnebel vor sich auf den Tisch und blickte auf. Die Dachkuppel hatte sich mit einer rotglühenden Gashülle überzogen und begann sich jetzt zu verfärben, zuerst rot, dann orange, gelb und schließlich milchig weiß. Trotzdem war im Innern des Raumschiffes kein Temperaturanstieg zu verspüren.

Der Mann mit den zwei goldenen Ohren betrat den Raum durch eine Schiebetüre, setzte sich zu Iwan Iwanowitsch und sprach also: »In fünf Minuten landen wir! Haben Sie unsere Informationsbroschüre gelesen?«

»Ja«, sagte Iwan Iwanowitsch. »Etwas steht aber nicht drin.«

»Was denn?« fragte der Mann mit den zwei goldenen Ohren.

»Es steht nicht drin«, sagte Iwan Iwanowitsch, »warum Sie zwei goldene Ohren haben und die anderen ein goldenes und ein grünes oder zwei gewöhnliche grüne.«

»Das hängt damit zusammen«, sagte der Mann mit den zwei goldenen Ohren, »daß wir ungeheuer individualistisch sind! Mehrere unbefriedigend verlaufene Expeditionsflüge zeigten uns aber, daß der ausgeprägte Individualismus innerhalb des Forschungsteams eine gezielte und erfolgreiche Erforschung fremder Planeten unmöglich machte. – Deshalb wählten wir durch Losentscheid einen Ober- und drei Unterführer, was sich bis heute äußerst gut bewährt hat. – Der Computer, der uns ständig beobachtet, auch wenn wir außerhalb des Raumschiffs sind, vermittelt uns, falls nötig und vorhanden, Informationen, die entweder vor einer drohenden Gefahr warnen oder sich auf Entscheidungen beziehen, die im Moment gerade zu fällen sind. – Diese Informationen gibt uns der Computer über einen Empfänger, der sich im Gehörgang des Ober-, beziehungsweise Unterführers befindet und direkt mit dem Trommelfell verbunden ist. Der Oberführer besitzt sogar zwei Empfänger, einen im linken und einen im rechten Ohr. Mit dem einen empfängt er dieselben Informationen wie die Unterführer, mit dem anderen weitere, noch ausführlichere Informationen. – Die Autorität des Oberführers gegenüber den Unterführern und der übrigen Mannschaft, beziehungsweise die der Unterführer gegenüber der übrigen Mannschaft, ergibt sich aus ihrem Mehr an Informationen.« (Merken Sie etwas?) »Und damit die Ohrmuscheln die Radiowellen besser in den Gehörgang abstrahlen, wurden sie vergoldet und dienen so zugleich als Rangabzeichen. – Voilà!«

Die Dachkuppel wurde wieder glasklar und durchsichtig, und nach und nach verschwand auch die rotglühende Gashülle, die sie eine Zeitlang umgeben hatte.

»Warum bedient niemand die Steuerpulte?« fragte Iwan Iwanowitsch.

»Alles automatisch!« antwortete der Mann mit den zwei goldenen Ohren. »Die Steuerpulte sind nur für den Fall da, daß der Computer defekt wird, was eigentlich gar nicht geschehen kann.«

Unterdessen waren auch die anderen Männer zurückgekommen. Einige trugen das Bett weg, auf dem Iwan Iwanowitsch seine Ohnmacht ausgeschlafen hatte.
Dann führte der Mann mit den zwei goldenen Ohren Iwan Iwanowitsch in die Mitte des Raumes, die durch eine schmale, mit einem Radius von etwa acht Metern ringförmig verlaufende, in den Boden eingelassene Chromleiste markiert worden war. Der Rest der Besatzung hatte sich hier bereits aufgestellt. Die Männer lachten, scherzten und schienen sich auf die offenbar kurz bevorstehende Ankunft zu freuen.
Plötzlich empfand Iwan Iwanowitsch ein Gefühl der Schwere.
»Wir sind gelandet«, sagte der Mann mit den zwei goldenen Ohren zu Iwan Iwanowitsch. »Machen Sie sich auf etwas gefaßt! Sie sind hier doppelt so schwer wie auf der Erde!«
Dann brach die kreisrunde Fläche, auf der sie alle standen, aus dem Boden, setzte sich nach unten in Bewegung und glitt geräuschlos den schwach beleuchteten Liftschacht hinunter. Die über ihnen entstandene Öffnung schloß sich wie eine Fotoblende.
Iwan Iwanowitsch senkte den Kopf und wunderte sich, daß er fähig war, in einer derartigen Situation Neugier zu empfinden, und sich nicht zu Tode fürchtete, was er für viel normaler gehalten hätte.

Das VII. Kapitel
ist eigentlich eine Fortsetzung
des vorangegangenen Kapitels,
das sich
›Wie die wundersamen Abenteuer
des Iwan Iwanowitsch ihren Fortgang
nahmen‹ nannte,
und dient einerseits
als optische Auflockerung
und andererseits
als Geschenk für den eifrigen Leser.
Denn jeder von uns,
meine Damen und Herren,
kennt ja die Befriedigung,
schon wieder ein Kapitel
gelesen zu haben.

Die Scheibe, auf der sich Iwan Iwanowitsch, der Mann mit den zwei goldenen Ohren und die übrige Mannschaft aufgestellt hatten, glitt geräuschlos den Liftschacht hinunter. Unten öffnete sich eine Türe, und sie traten hinaus.

Wo man hinschaute, standen kleine grüne Frauen, Männer und Kinder. Es war fürchterlich heiß, und die Luft flimmerte über dem Boden.

Der Mann mit den zwei goldenen Ohren hatte sich zu einer Rednertribüne neben dem Raumschiff begeben und rief: »Iwan Iwanowitsch, bitte folgen Sie mir!«

Iwan Iwanowitsch setzte sich in Bewegung und ging langsam und schwerfällig auf das Podest zu. Die Hitze trieb ihm den Schweiß aus allen Poren, und die doppelte Anziehungskraft des Dritten Planeten im Abraxasnebel machte das Gehen noch anstrengender. Jeder Schritt war das Ergebnis einer in jeder Phase bewußt überlegten und geplanten Bewegung.

Die kleinen grünen Leute waren mit einer Art silbern glänzender Badehose und ebensolchen Sandalen bekleidet. Einige diskutierten miteinander, kicherten und zeigten auf Iwan Iwanowitsch.

Als Iwan Iwanowitsch das Rednerpult erreicht und bestiegen hatte, sah er, daß sie auf einem rechteckigen Platz gelandet waren, der auf drei Seiten vom Meer umgeben war, das wild gegen ihn anschlug und die Luft mit lautem Rauschen erfüllte. Auf seiner vierten Seite wurde der Platz von einer riesigen anthrazitgrauen Glaskuppel aus sechseckigen, wabenförmigen Elementen begrenzt.

Das Meer war tiefschwarz. Die Männer, die Iwan Iwanowitsch gefangen hatten, waren nicht mehr dunkel-, sondern lindengrün, wie übrigens alle Zuschauer. Iwan Iwanowitsch erstrahlte in leuchtendem Signalrot, über ihnen wölbte sich ein knallgelber Himmel, und den Platz, auf dem sie gelandet waren, hatte man mit einem großflächigen orangeroten Schachbrettmuster bemalt.

Der Mann mit den zwei goldenen Ohren wandte sich an Iwan Iwanowitsch und sagte: »Er möchte ein Interview mit Ihnen machen!« Mit ›er‹ meinte der Mann mit den zwei goldenen Ohren einen kleinen lindengrünen, ein wenig schüchtern wirkenden Mann, der Iwan Iwanowitsch ein Mikrophon unter die Nase hielt. »Er sagt, daß außer dem Aoa und seiner Familie sämtliche Bewohner des Dritten Planeten im Abraxasnebel hier seien.«

Es war unterdessen noch wärmer geworden. Die Sonnen standen fast im Zenit. Iwan Iwanowitsch hatte festgestellt, daß es deren drei waren, die, seitlich gestaffelt, hintereinander über den Himmel glitten.

»Ich habe den Leuten bereits gesagt, wie Sie heißen«, fuhr der Mann mit den zwei goldenen Ohren fort. »Jetzt werde ich Ihnen seine Fragen übersetzen und ihm und den anderen Ihre Antworten.«

»—«

»Ist es wirklich wahr, daß alle Menschen arbeiten?«

»Die meisten.«

»Warum?«

»Um Geld zu verdienen.«

»Was ist ›Geld‹, und warum wollen sie es ›verdienen‹?«

»Geld – das sind runde Metallstücke, die ein seltenes, wertvolles Metall enthalten oder einem das Anrecht auf eine bestimmte Menge eines seltenen, wertvollen Metalles geben.«
»Sind ›seltene Metalle‹ wertvoll?«
»Ja.«
»Warum?«
»Sie sind selten, und jeder will möglichst viel davon haben.«
»Warum machen sie nicht mehr davon?«
»Weil man das nicht kann!«
Kaum hatte der Mann mit den zwei goldenen Ohren die letzte Antwort des Iwan Iwanowitsch übersetzt, begannen die Leute zu lachen, ja sie brüllten geradezu, und es dauerte eine Weile, bis sie sich soweit beruhigt hatten, daß man das Interview fortsetzen konnte.
»Sie gehen also Geld verdienen, weil sie möglichst viel ›seltenes Metall‹ haben wollen?!«
»Nein!«
»Nicht?!«
»Ich nicht! – Ich arbeite und bekomme Geld dafür!! Dann gehe ich zum Beispiel zum Bäcker und kaufe ihm ein Brot ab, so daß ich etwas zu essen habe, und dieser, wie ich, Geld für seine Arbeit bekommt und sich auch etwas kaufen kann!!«
»Ist das nicht ein bißchen kompliziert?«
»—«
»Stimmt es, daß bei Ihnen alle Kinder entweder Filmstar oder Säuglingsschwester werden wollen?«
»— Ja-aaaa.«
»Warum?«

»—«
»Und wie gefällt es Ihnen bei uns?«
»Ich bin eigentlich noch zu wenig lange hier. Auf alle Fälle ist es hier zu heiß, und das Gewicht, das man auf der Erde hat, ist besser!«
»Sobald die dritte Sonne den Zenit überschritten hat, kühlt sich die Luft ab, und die Stürme beginnen«, sagte der Mann mit den zwei goldenen Ohren zu Iwan Iwanowitsch und wies mit ausgestrecktem Arm und Zeigefinger in den Himmel. »Können Sie ohne Hilfe zum Raumschiff zurückgehen?«
»Ich glaube schon«, antwortete Iwan Iwanowitsch und machte sich, gefolgt von der Raumschiffbesatzung, Schritt für Schritt auf den Rückweg.

Das Raumschiff schwebte bereits in etwa hundert Metern Höhe. Iwan Iwanowitsch schaute durch eine der im Boden eingelassenen Glasscheiben auf den Dritten Planeten im Abraxasnebel hinunter: die grünen Frauen, Männer und Kinder waren eben daran, den orangeroten Landeplatz zu verlassen. Sie gingen auf einem schmalen Weg an der anthrazitgrauen Riesenglaskuppel vorbei auf einen anderen dunkelhellblau-gewürfelten Platz, auf dem etwa dreitausend kleinere, pillenförmige Raumschiffe standen, die mit farbigen Linien und Ornamenten grell bemalt waren.
Dann überflogen sie die – das Innere der Insel schützende – Bergkette und später dichte Urwälder, aus denen mächtige Dampfsäulen aufstiegen.

Schließlich kam die Stadt in Sicht. Sie war kreisrund angelegt mit Straßen, die sich schlangenförmig vom Zentrum zu ihrer Peripherie hinbewegten, einer Ansammlung scheibenförmiger, buntbemalter Häuser, die sich voneinander lediglich in der Art ihrer Bemalung unterschieden. Zwischen den Häusern befanden sich parkähnliche Grünflächen.
Das Raumschiff landete auf einem dunkel-hellblau-gewürfelten Platz am Rande der Stadt. Der Mann mit den zwei goldenen Ohren ließ den Liftschacht ausfahren und begleitete Iwan Iwanowitsch auf den Landeplatz hinunter, wo er sich von ihm verabschiedete, viel Glück wünschte und ihn warten hieß, da ihn bald jemand abholen werde. Der Liftschacht wurde wieder eingezogen, und das Raumschiff schnellte wie ein geschleuderter Diskus davon.
Iwan Iwanowitsch blieb allein zurück.
Er sah, daß er die Höhe der Häuser von oben falsch eingeschätzt hatte. Sie waren in Wirklichkeit mindestens sechs Meter hoch und zweistöckig. Ihre Außenwände bestanden aus schmalen, vertikalen Glasscheiben, die individuell mit dicken, farbigen Linien bemalt waren.
Die Stadt lag in der einen Öffnung einer großen Waldlichtung, die aus zwei runden, gleichgroßen, einander berührenden Flächen bestand. In der anderen lag der See, von dem in der Informationsbroschüre über den Dritten Planeten im Abraxasnebel die Rede gewesen war. Dieser war von einem breiten, mit Moos bewachsenen Streifen umgeben, der von zahlreichen Bächen durchschnitten wurde, die teils aus dem Wald flossen, teils an mitten im

Moosfeld vor sich hin kochenden heißen Quellen entsprangen und sich später dampfend mit dem Wasser anderer Bäche vermengten.
Der Platz, auf dem man Iwan Iwanowitsch abgesetzt hatte, bildete die optische Verbindung zwischen der Stadt und dem See. Hoch über ihm schwebte ein dunkler Vogel, dessen Flügel mit einer durchsichtigen Haut bespannt waren. Ab und zu, immer wenn er an Höhe verloren hatte, begann er, gemächlich mit den Flügeln zu schlagen, so daß sie sich beim Nachoben- und anschließenden Nachuntenschlagen zuerst über, dann unter seinem Körper an den Flügelspitzen kurz und leicht berührten.
Iwan Iwanowitsch war so in die Betrachtung des Vogels versunken, daß er nicht bemerkte, wie sich ihm ein autoscootergroßes Fahrzeug mit zwei Sitzen näherte. Ein kleiner Knirps saß in dem einige Millimeter über dem Boden schwebenden Vehikel und steuerte es mit Hilfe einer Art Rechnungsmaschinentastatur.
»Tschüß! Wie geht es dir!« schrie das Kind. (Selbstverständlich auf russisch mit amerikanischem Akzent.)
Iwan Iwanowitsch fuhr erschrocken zusammen.
Das Kind lachte.
»Woher kannst du Russisch, verdammt noch mal?« fragte Iwan Iwanowitsch.
»Was heißt verdammt noch mal?«
»Nichts! Woher kannst du Russisch?«
»Ich habe es wegen meinem Vater, dem Aoa, lernen müssen! Er hat es auch gelernt!«
»Dein Vater ist der Aoa?«

»Ja! Er ist der einzige, der keine silbernen Hosen hat!«
»Nein?!«
»Doch! Er hat goldene! – Steigst du jetzt ein?«
Iwan Iwanowitsch vermochte das Fahrzeug nur unter Verrenkungen zu besteigen, da es selbst für zwei dieser kleinen grünen Leute nicht gerade üppig Platz zu bieten schien.
Der Kleine drückte eine Zahlenkombination in die Rechnungsmaschinentastatur, das Fahrzeug machte eine halbe Drehung an Ort und setzte sich vorwärts in Bewegung.
»Ich heiße Oao«, sagte der Kleine, »und du Iwan Iwanowitsch!«
»Woher weißt du das?« fragte Iwan Iwanowitsch.
»Wir können an jeden beliebigen Ort im Weltall hinhören!«
Das Fahrzeug steuerte auf ein rundes, rot markiertes Feld am Rande des Platzes zu und hielt auf ihm an. Die rot markierte Fläche brach aus dem Boden und setzte sich mit dem darauf stehenden Fahrzeug nach unten in Bewegung.
Hier, unter der Erde, in einem etwa achtzig Meter hohen Raum, befand sich eine zweite Stadt.
Alles war taghell beleuchtet, Bäume, kleine Weiher und kuppelförmige Gebilde, die farbig bemalt waren und untereinander durch ein Netz von verspielt angelegten Straßen verbunden wurden. An den Straßenrändern hatte man in regelmäßigen Abständen Fahrräder aufgestellt.
»Ihr habt Fahrräder?« fragte Iwan Iwanowitsch erstaunt.

»Das siehst du doch«, antwortete Oao. »Wir haben sie auch oben in der Stadt!«
»Oben in der Stadt?«
»Ja!«
»Was ist denn das hier?«
»Das ist das Ausbildungszentrum. Unter dem Platz, auf dem du auf mich gewartet hast, befindet sich das Forschungs- und Produktionszentrum!«
Das Fahrzeug fuhr selbständig durch die Gegend. Es schien den Weg genau zu kennen. Nach einigen Metern machte es eine Schwenkung nach rechts und blieb stehen. Oao und Iwan Iwanowitsch stiegen aus. Über ihnen brach eine kreisrunde Scheibe aus der Decke, senkte sich langsam, von einer vertikalen Metallstange getragen, zu Iwan Iwanowitsch und Oao hinunter, und als sie sie bestiegen hatten, setzte sie sich wieder nach oben in Bewegung. Iwan Iwanowitsch sah eben noch, wie das Fahrzeug, das sie hergebracht hatte, allein davonflitzte, dann fuhren sie, auf der Scheibe stehend, durch die Decke und befanden sich im Wohnzimmer des Aoa und seiner Familie.

VIII. Kapitel
oder
Wie es dazu kam,
daß der Aoa und seine Familie
zum erstenmal in ihrem Leben
blau waren.

Das Wohnzimmer des Aoa nahm das ganze untere Stockwerk des Hauses in Anspruch und hatte eine runde Grundfläche mit einem Durchmesser von zirka zwanzig Metern. Die Außenwand bestand aus hohen, vom Boden bis zur Decke reichenden Glasfenstern, die durch schmale, vertikale Metallstreifen voneinander getrennt wurden, und auf den Scheiben liefen die farbigen Linien der Fassadenbemalung. Der Boden war mit einem dicken Spannteppich, von einer Art großflächigem Blumenmuster, belegt. Die Decke war schwarz und von zahlreichen Lüftungsschlitzen durchzogen. In der Mitte des Raumes stand eine raumhohe, ebenfalls schwarze Säule mit einem Durchmesser von knapp vier Metern.

Und dann befand sich hier die wie zu einem Hochzeitsbild aufgestellte Familie des Aoa. Mittendrin der Aoa selber, der sich von den anderen dadurch unterschied, daß er keine silbernen Hosen trug, sondern einen kühn geschnittenen goldenen Slip. Er rauchte eine dicke Zigarre, deren Qualm steil zur Decke stieg und dort durch einen Lüftungsschlitz abgesogen wurde.

Der Aoa grinste Iwan Iwanowitsch freundlich an und sagte: »Mein lieber Iwan Iwanowitsch, ich habe gehört, daß Oao und du einander duzen. Du hast doch nichts dagegen, wenn wir zwei dasselbe tun.«

»Ja«, sagte Iwan Iwanowitsch. »Das heißt nein.«

»Ich, Oao und du sind hier die einzigen, die Russisch sprechen. Darum werde ich dir die anderen vorstellen. Dies zum Beispiel ist meine Frau.«

Iwan Iwanowitsch schaute sie erstaunt an, denn sie war die erste Frau, die er hier mit einem Büstenhalter sah.

Der Aoa bemerkte sein Erstaunen und sagte: »Das hat sie euren Weibern abgeguckt. Ich persönlich finde es idiotisch. – Dies hier ist meine zweite Frau, das hier sind meine Kinder, zwei Söhne, den einen kennst du ja bereits, und zwei Töchter, und der Rest sind Großväter und Großmütter, Urgroßmütter und Urgroßväter, Onkel, Tanten und so weiter. Zum Teil haben sie eigene Häuser und Familien und sind bloß zu Besuch da. Übrigens, sie möchten gerne wissen, was dich am meisten bei uns beeindruckt hat.«

»Daß ihr drei Sonnen habt.«

»Vier, mein lieber Iwan Iwanowitsch! Wir haben vier Sonnen! Du hast die vierte nur noch nicht gesehen. Ihre Flugbahn verschiebt sich ab und zu, und zwar so, daß wir wohl ständig den Mittelpunkt in der Bahn dieser Sonne einnehmen, daß aber nicht immer die gleichen Gebiete unseres Planeten von ihr überflogen werden. Diese Veränderungen können wir bis heute noch nicht zuverlässig vorausberechnen. – Ich nehme an, du hast Hunger. Was willst du denn haben?«

Iwan Iwanowitsch zuckte mit den Achseln.

»Oao, mein Sohn, was essen die Menschen?«

»Die Menschen essen Gemüse, Fleisch und Kartoffeln.«

»Und, Oao, mein Sohn, was trinken sie dazu?«

»Alle Russen trinken Wodka!«

»Großartig!« lobte der Aoa und ging zu einem musikboxartigen Kasten, der an seiner Frontseite, auf einer kleinen, vorspringenden Platte, eine Art Schreibmaschinentastatur aufwies und dessen Vorderfront durch einen Rolladen abgedeckt wurde.

»Den Wodka werde ich bei dieser Gelegenheit auch einmal versuchen«, sagte er und tippte etwas in die Tastatur. Ein Glühlämpchen, das vorne am Apparat angebracht war, leuchtete kurz auf, der Rolladen ging hoch, und ein immenser Teller mit einer ebensolchen Portion Fleisch, Gemüse und Kartoffeln wurde zusammen mit vier Wodkaflaschen aus dem Kasten geschoben.

Der Aoa stellte alles auf einen Tisch und sagte: »Komm, setz dich.«

Nachdem sich Iwan Iwanowitsch an den Tisch gesetzt hatte, klemmte der Aoa drei der vier Wodkaflaschen unter den Arm und ging, kehrte aber noch einmal zurück und sagte: »Wir gehen jetzt unter die Höhensonne, müssen heute noch ein wenig assimilieren. – Der Apparat, der auf dem Tisch steht, ist eine Spezialanfertigung für dich.« Dann ging er endgültig und verschwand mit seinen zwei Frauen, den Kindern, den Großvätern und Großmüttern und so weiter in der schwarzen Säule, die in der Mitte des Raumes stand und wahrscheinlich den Lift für das obere Stockwerk enthielt.

Der Apparat, von dem der Aoa gesprochen hatte, war etwa so groß wie ein Telefonbuch und bestand in der Hauptsache aus einer Schreibmaschinentastatur und einem kleinen Fernsehschirm, auf dem eben ›WENN SIE ETWAS SEHEN WOLLEN, DRÜCKEN SIE BITTE AUF DEN ROTEN STARTKNOPF‹ stand.

Als Iwan Iwanowitsch auf den roten Startknopf

drückte, wurde es im Raum dunkel, und eine große Projektions-Leinwand entrollte sich von der Decke herunter.

Auf dem Fernsehschirm stand jetzt:

FILM . . . . GEBEN SIE BITTE A EIN!

FERNSEHEN . . . . . . GEBEN SIE BITTE B EIN!

SPEZIALPROGRAMM . . . GEBEN SIE BITTE C EIN!

Iwan Iwanowitsch drückte auf die B-Taste. Film interessierte ihn nicht, und unter Spezialprogramm konnte er sich nichts vorstellen.

Sofort fragte der Bildschirm weiter:

VON WELCHEM HIMMELSKÖRPER WÜNSCHEN SIE DAS PROGRAMM?

Iwan Iwanowitsch verlangte zuerst das Venusprogramm, auf dem es das Fernsehen leider aber, so der Bildschirm, noch nicht gab, und dann das Marsprogramm.

Darauf zeigte der Bildschirm folgendes:

1. KANAL: UNTERHALTUNG . . . (1 MINUTE GELAUFEN). GEBEN SIE BA EIN!

2. KANAL: BILDUNGSPROGRAMM . . (10 MINUTEN GELAUFEN). GEBEN SIE BB EIN!

3. KANAL: BRIEFKASTEN . . . . (6 MINUTEN GELAUFEN). GEBEN SIE BC EIN!

Iwan Iwanowitsch entschied sich für den ersten Kanal und drückte die BA-Taste.

MARSPROGRAMM / ERSTER KANAL / UNTERHALTUNG / 1 MINUTE 30 GELAUFEN / SIMULTANÜBERSETZUNG INS RUSSISCHE UND GROSSPROJEKTION / WALT DISNEY: SCHNEEWITTCHEN UND DIE SIEBEN ZWERGE.

Iwan Iwanowitsch hatte eben fertig gegessen, Schneewittchen probierte die Bettchen der sieben Zwerge der Reihe nach aus, um sich das weichste von allen auszusuchen, als der Aoa, leicht beschwipst wie es schien, ohne Hosen und also, mit Verlaub gesagt, nackt zurückkam, zum musikboxartigen Kasten ging und gleich zwölf Flaschen Wodka machen ließ.
»Stell doch dieses idiotische Zeug ab«, rief er, »zieh deinen Anzug aus und komm nach oben! Oben ist ein Swimming-pool.«
Iwan Iwanowitsch zögerte, zog aber nach einer zweiten Aufforderung den Anzug aus.
»Also!« sagte der Aoa. »Du nimmst sechs Flaschen, und ich nehm sechs! – Komm, heute ist ja wirklich mal was los, verdammt noch mal!«
Der obere Raum war, wie der untere, ungefähr drei Meter hoch. Das ringförmige Bassin beanspruchte etwas mehr als ein Drittel der gesamten Raumhöhe, nahm praktisch das ganze Stockwerk ein und ließ nur eine ein Meter breite Fläche rund um sich herum frei. In der Mitte des Bassins war eine runde Aussparung für den Liftschacht; die Liftkabine hielt knapp über dem inneren Bassinrand. Wer auf die sich rund um das Bassin ziehende Liegefläche wollte – deren Niveau nur wenig über der Wasseroberfläche lag –, mußte erst durchs Wasser waten. An der Decke hingen riesige Höhensonnen, die erst vor kurzer Zeit abgestellt worden waren und noch nachglühten.
Der Aoa und Iwan Iwanowitsch wurden mit lautem Geschrei und Jauchzen empfangen und sofort von oben bis unten abgespritzt, so daß sie die größte

Mühe hatten, die Wodkaflaschen heil auf die Liegefläche hinüberzubringen.
Man planschte im Wasser herum, trank Wodka, spritzte sich gegenseitig an, neckte sich, und alle waren blau.
Die zweite Frau des Aoa machte Iwan Iwanowitsch schöne Augen, was ihren Mann überhaupt nicht zu stören schien. »Umarmt euch!« schrie er, und als Iwan Iwanowitsch nicht wollte: »Das ist ein Befehl!«
Iwan Iwanowitsch umarmte sie. Weniger aus Leidenschaft, eigentlich mehr um Schwierigkeiten zu vermeiden. Bei ihr war's genau umgekehrt. Und so kam es, daß ihre Umarmung um Welten fester und leidenschaftlicher war als die des Iwan Iwanowitsch. Dieser versuchte erst, ein möglichst unbeteiligtes Gesicht zu machen, bemerkte dann aber, daß sie eigentlich ganz gut roch. Er blickte auf ihren weißen Haarschopf hinunter, sah, wie sie mit feuchtglänzenden Augen erwartungsvoll zu ihm aufblickte, und spürte an seinem Körper, wie sich ihr kleiner Bauch bei jedem Atemzug straffte und wieder entspannte.
Und das, was sich aus dieser Situation ergab, kann sich jeder selber ausmalen.

IX. Kapitel:
Iwan Iwanowitsch macht die Bekanntschaft des Herrn Professors Baobab, der, wie er selber sagte, die Menschen nie recht verstehen wird.

Iwan Iwanowitsch wurde kräftig wachgerüttelt. Er vermochte sich erst nicht zurechtzufinden, dann fielen ihm nach und nach die Ereignisse des ›gestrigen Tages‹ wieder ein, und er stellte fest, daß er auf der Liegefläche am Rande des Swimming-pools lag, immer noch die zweite Frau des Aoa in seinen Armen hielt und daß es der Aoa war, der ihn geweckt hatte.
»Guten Morgen!« sagte der Aoa und: »Entschuldige bitte, mir brummt der Schädel. Ich wollte dich nur fragen, was man dagegen machen kann.«
»Nichts.«
»Nichts?? – Abraxas!! Wie kann man sich bloß seit Jahrhunderten besaufen, ohne ein Mittel gegen dieses Kopfweh zu haben!!«
Die anderen hatten sich bereits nach unten begeben und saßen jetzt, als Iwan Iwanowitsch, die zweite Frau des Aoa und der Aoa mit dem Lift in den ersten Stock hinunterfuhren, angekleidet, stumm und benommen im Wohnzimmer herum.
Nachdem der Aoa Pillen verteilt hatte, die ein wenig halfen, sagte er: »Lieber Iwan Iwanowitsch, leider müssen wir uns jetzt voneinander verabschieden.«
Iwan Iwanowitsch umarmte alle, zuletzt die zweite Frau des Aoa. Der Abschied von ihr schmerzte ihn besonders, denn er hatte sich bis über beide Ohren in die kleine lindengrüne, rotbenaste Dame verliebt. Er sagte aber kein Wort zu ihr, weil er glaubte, seine Stimme würde jetzt schrill, unsicher und blechern klingen, und ihm das unmännlich vorkam.

»Lieber Iwan Iwanowitsch«, sagte der Aoa, »ich habe dich fangen lassen, weil der Aoa verpflichtet ist, Gutes zu tun. Näheres wird dir aber Professor Baobab sagen. Mein Sohn Oao wird dich zu ihm begleiten.«

Oao nahm Iwan Iwanowitsch bei der Hand.

»Es wäre natürlich nett, wenn wir ab und zu miteinander telefonieren könnten«, fügte der Aoa hinzu, »und du würdest mir eine große Freude machen, wenn du unsere Sprache lernst. Das kostet dich nur zehn Minuten!«

Dann brach der schwarz auf dem Boden markierte Kreis, in dem sich Oao und Iwan Iwanowitsch aufgestellt hatten, aus dem Boden und trug sie nach unten.

Ein paar Kinder spielten auf der Straße, sonst war alles noch genauso, wie es Iwan Iwanowitsch vor einigen Stunden gesehen hatte: Bäume, Weiher, kuppelförmige Häuser, untereinander durch ein Netz von verspielt angelegten Straßen verbunden.

Oao führte Iwan Iwanowitsch zu einem Fahrradständer, wo sich beide ein Fahrrad nahmen. Oao stellte seines aber wieder zurück und sagte: »Darf ich auf deinem mitfahren?«

Iwan Iwanowitsch hievte ihn vor sich auf die Lenkstange und fuhr los. Oao zeigte nach links, wenn Iwan Iwanowitsch nach links, nach rechts, wenn er nach rechts, und geradeaus, wenn er geradeaus fahren mußte, und nach etwa drei Minuten kamen sie zu einer orange bemalten Wand, die wie eine den Raum begrenzende Fläche ausgesehen hätte, wären da nicht eine Türe und ein Klingelknopf gewesen.

Iwan Iwanowitsch stieg vom Fahrrad und stellte Oao auf den Boden.

»Du mußt läuten«, sagte Oao, »dann machen sie dir auf. Ich darf erst nach dem vierten Elektronikkurs da hinein.« Er gab Iwan Iwanowitsch einen Kuß, wendete das Fahrrad, bestieg es und fuhr, ein wenig unsicher und deshalb von einer Straßenseite zur anderen kurvend, davon.

Iwan Iwanowitsch faßte allen Mut zusammen und läutete. Sofort öffnete ein kleiner, dicker grüner Mann mit Brille.

»Guten Morgen!« wünschte der kleine, dicke grüne Mann mit Brille. »Bitte treten Sie ein, ich habe Sie erwartet!«

Der kleine, dicke grüne Mann trat zur Seite, ließ Iwan Iwanowitsch eintreten und gab der Türe mit dem Absatz einen Tritt, so daß diese krachend hinter ihnen ins Schloß fiel.

In der hundert mal hundert Meter messenden Halle, in der sich Iwan Iwanowitsch jetzt befand, war ein unübersehbares Gewirr von technischen Geräten und kleinen grünen Männern, die sie bedienten oder an ihnen arbeiteten.

»Ich bin Professor Baobab«, stellte sich der kleine, dicke grüne Mann mit Brille vor, »und ich habe den Auftrag, Ihnen einige ganz simple Dinge zu erklären. Ich tu das sehr gern, weil ich weiß, daß sich unser Aoa viel davon verspricht. Obwohl, und das sage ich Ihnen offen, ich euch Menschen, Wesen, die Grammophone mit eckigen Gehäusen bauen, nie verstehen werde. Dabei, ich frage Sie, was ist denn das aufregendste an einem Grammophon?? – Das auf-

regendste, ja erregendste an einem Grammophon ist doch wohl der Grammophonteller, und der ist rund!«
»Was wollen Sie mir denn erklären?« fragte Iwan Iwanowitsch.
»Ja nein!!« rief Professor Baobab erstaunt. »Wissen Sie nicht, daß Ihnen der Aoa freundlicherweise ein Raumschiff geschenkt hat?!«
»Ein Raumschiff??«
»Ein Raumschiff.«
»Aber wieso denn?«
»Das hat mir der Aoa nicht gesagt!«
»Phhhh!«
»Hat er Ihnen auch nichts gesagt?«
»Nein.«
»Mir hat er auch nichts gesagt. Ich nehme aber an, der Aoa will, daß Sie damit die Welt beherrschen.«
Unterdessen waren sie ein paar Schritte gegangen, bis sie zu einem halbkugelförmigen, schulzimmergroßen Pavillon kamen, in den Professor Baobab hineinsteuerte. Er winkte Iwan Iwanowitsch, ihm zu folgen, die Türe schloß sich automatisch. Professor Baobab und Iwan Iwanowitsch setzten sich an einen Tisch.
»Ich soll die Welt beherrschen?« sagte Iwan Iwanowitsch und klopfte sich mit dem Zeigefinger auf die Brust.
»Warum nicht? Ich nehme es an«, sagte Professor Baobab. »Im übrigen ist das Ihr Problem, nicht meines. Ich werde Ihnen jetzt etwas über das Raumschiff und die darin enthaltenen technischen Geräte erzählen. Bitte fragen Sie, wenn Sie etwas nicht verstanden haben!

Erstens: es ist bei uns üblich, Computer und andere technische Geräte nicht durch Knopfdruck und so weiter zu steuern, sondern durch gesprochene Befehle oder durch unverschlüsselte Eingabe des Gewünschten in eine Schreibmaschinentastatur.
Sie werden einen Computer an Bord Ihres Raumschiffes haben, und den können Sie durch gesprochene Befehle oder über eine Schreibmaschinentastatur steuern.
Zweitens: das Raumschiff läßt sich mit einer Sicherheitshülle umgeben, in der alles, was sich ihm bis auf einen Zentimeter nähert, in Luft, Licht oder, je nach Wunsch, in irgend etwas anderes verwandelt wird. Bitte bauen Sie diese Sicherheitshülle gleich nach dem Start auf, spätestens aber vor Erdankunft! Wir haben da unsere Erfahrungen.
Drittens: an zahlreichen Punkten im Weltall entstehen Abstoßungswellen, die, wie ihr Name sagt, alles abstoßen.
Gelingt es einem Raumschiff, sich von allen Abstoßungswellen zu isolieren, so wird es schwerelos.
Isoliert sich ein Raumschiff von allen Abstoßungswellen außer von denen eines einzigen Wellenentstehungsortes, so entfernt es sich, richtungsmäßig, vom Ort der Wellenentstehung.
Isoliert sich ein Raumschiff von allen Abstoßungswellen außer von denen von zwei oder mehr Wellenentstehungsorten, so fliegt es in Richtung der sich aus diesen zwei oder mehr Abstoßungswellen ergebenden Kraft. Ihr Raumschiff, Iwan Iwanowitsch, wird Sie unter Ausnützung dieser Kräfte durch den Weltraum befördern.

Viertens: Sie werden auch einen Apparat an Bord haben, den wir COMPOSER nennen und der aus Wasser jedes Element, jeden beliebigen Stoff und jeden beliebigen Gegenstand herstellen kann.
Die Atome verschiedener Elemente wie Eisen, Wasserstoff, Sauerstoff, Uran und so weiter unterscheiden sich voneinander in der Zahl der an ihrem Aufbau beteiligten Kleinstteilchen. Wenn wir nun ein Wassermolekül in die zwei Wasserstoffatome und das eine Sauerstoffatom zerlegen, aus denen es sich ja zusammensetzt, weiterhin, das Sauerstoffatom in seine Kleinstteilchen aufteilen und eines oder mehrere der gewonnenen Kleinstteilchen in das eine Wasserstoffatom eingliedern – das Wasserstoffatom ist das Atom mit den wenigsten Kleinstteilchen –, so haben wir dieses Wasserstoffatom in das Atom eines anderen Elementes umgewandelt. – So einfach ist das! – Hat man dreidimensionale Baupläne der atomaren Zusammensetzung eines Gegenstandes wie zum Beispiel einer Brille und weiß man laufend jedes gewünschte Atom herzustellen, so kann man, an einem Punkt in einem schwerelosen Vakuumraum beginnend, den gewünschten Gegenstand Atom für Atom zusammensetzen, und eben dies kann der COMPOSER. Damit können Sie sogar Romanheftchen und Fernsehapparate herstellen, und wenn einmal etwas größer ist als der Vakuumraum Ihres COMPOSERS, müssen Sie es eben in zwei oder mehr Teilen anfertigen lassen und dann selber zusammensetzen!
Haben Sie dazu eine Frage?«
»Nicht unbedingt«, antwortete Iwan Iwanowitsch.

»Um so besser«, sagte Professor Baobab und kratzte sich am Kinn. »Ab und zu müssen Sie dann halt irgendwo Wasser tanken. Näheres wird Ihnen aber der Computer sagen, wenn es Zeit dazu ist. – Ich habe Ihnen alles gesagt, was Sie im Moment zu wissen brauchen, und da Sie keine Fragen haben, werde ich Sie jetzt nach oben bringen. Die Bewohner des Dritten Planeten im Abraxasnebel werden Ihrem Abflug beiwohnen. Kommen Sie!«

Professor Baobab und Iwan Iwanowitsch verließen den Pavillon und stellten sich in einen auf dem Boden markierten Kreis – Sie werden das ja langsam kennen –, der Professor stampfte einmal kurz mit dem Fuß auf, der Kreis brach als Scheibe aus dem Boden und hob sie zur Decke empor, wo sich eine runde Öffnung wie ein Fotoauge auftat, durch die sie nach oben auf den dunkel-hellblau gewürfelten Landeplatz gestoßen wurden.

Die Bewohner des Dritten Planeten im Abraxasnebel umstanden das Raumschiff, unter dem Iwan Iwanowitsch und Professor Baobab ans Tageslicht kamen, lachten, winkten und pfiffen Iwan Iwanowitsch zu. Dieser schaute sich nach dem Aoa, vor allem aber nach dessen zweiter Frau um, konnte sie aber nirgends entdecken. Wahrscheinlich verfolgten sie den Start zu Hause.

Das Raumschiff hatte die Form einer Linse, einen Durchmesser von zirka hundert Metern und in der Mitte, oben drauf, eine halbkugelförmige, fünfzehn Meter hohe gläserne Kuppel. Es bestand aus silbern glänzendem, hochglanzpoliertem Metall, von mehreren großdimensionierten Fenstern abgesehen, und

stand auf drei stählernen Teleskopbeinen. Der Liftschacht war ausgefahren.
»Viel Erfolg, Iwan Iwanowitsch!« wünschte Professor Baobab. »Der Lift bringt Sie direkt in den Kommandoraum.«
»Danke!« antwortete Iwan Iwanowitsch, ging auf den Lift zu und stieg ein. Ein wenig hatte er sich bereits an die doppelte Anziehungskraft des Dritten Planeten im Abraxasnebel gewöhnt, insofern nämlich, daß er hier viel kleinere Schritte nahm, als er es von der Erde her gewohnt war. Der Lift brachte ihn lautlos nach oben, direkt in die Glaskuppel.
»Guten Morgen, Iwan Iwanowitsch«, sagte der Computer. »Ich bin der Computer.«
»Guten Morgen«, wünschte Iwan Iwanowitsch seinerseits, ziemlich verwirrt.
»Kommen Sie doch bitte zum schwarzen Ledersessel und setzen Sie sich«, bat der Computer.
Iwan Iwanowitsch tat wie geheißen. Vor dem Sessel stand ein kleines Pult mit einer kompletten Schreibmaschinentastatur und einem großen, leicht gegen den Sessel geneigten Fernsehbildschirm.
»Wünschen Sie zu starten?« fragte der Computer. (Übrigens auf russisch mit amerikanischem Akzent.)
»Ja, von mir aus.«
»Zur Erde?«
»Ja-aa-a.«
»Haben Sie's eilig? Wollen Sie schnell fliegen?«
»Nein, überhaupt nicht. Im Gegenteil!«
»Legen Sie Wert darauf, auf dem ganzen Flug so schwer zu sein, wie Sie es auf der Erde wären, möchten Sie lieber schwerelos werden oder was?«

»Am liebsten so schwer wie auf der Erde.«
Iwan Iwanowitsch fühlte sich plötzlich leichter und hörte, daß der Liftschacht eingezogen wurde, was ein pfeifendes Geräusch erzeugte. Auf dem Fernsehschirm erschien das Bild des rasch kleiner werdenden Dritten Planeten im Abraxasnebel.
»Gibt's hier auch Wodka?« fragte Iwan Iwanowitsch nach einer Weile.
»Natürlich, selbstverständlich!« antwortete der Computer. »Links von Ihnen, im großen roten Kasten, er ist mit COMPOSER angeschrieben, finden Sie in drei Sekunden eine Wodkaflasche.«
(Sollten Sie übrigens nicht mehr wissen, wie ein COMPOSER funktioniert, möchte ich Sie darauf aufmerksam machen – obwohl ich Ihre schludrige Art zu lesen, und so muß man das ja wohl nennen, zutiefst mißbillige –, daß Sie diesen Apparat auf Seite 78 beschrieben finden!)
Nach drei Sekunden klappte die Vorderfront des etwa wohnwagengroßen COMPOSERS wie eine Garagentüre nach oben, und ein metallener Greifarm reichte Iwan Iwanowitsch eine Flasche Wodka.
Iwan Iwanowitsch öffnete die Flasche, schnupperte an ihr und rief: »Gibt's hier auch russische Musik?«
Sofort ertönte russische Musik.
»Ist das recht?« fragte der Computer. »Oder wollen Sie lieber etwas mit mehr Balalaika?«
»Nein!!« schrie Iwan Iwanowitsch und tanzte mit der Flasche in der Hand singend im Kommandoraum umher.
Jemand im Raum begann zu lachen! Immer lauter, immer unüberhörbarer!

x. Kapitel.

War das Lachen Einbildung oder Realität?
Und wer hat gelacht,
wenn jemand gelacht hat?
Diese und andere Fragen beantwortet Ihnen
das zehnte Kapitel!

Als dieses unheimliche Lachen ertönte, befand sich Iwan Iwanowitsch im Kommandoraum des Raumschiffes, wie Sie sich vielleicht noch schwach erinnern werden.
Damit Sie dem weiteren Verlauf der Geschichte zu folgen imstande sind, ist es jetzt erforderlich, daß ich Ihnen das Innere dieses Kommandoraumes schildere.
Der Kommandoraum hatte zunächst gerade, hundertundfünfundvierzig Zentimeter hohe Wände, und darauf aufgesetzt war die halbkugelförmige, fünfzehn Meter hohe Glaskuppel, die sich, im Gegensatz zu den vertikalen Wänden, über die obere Außenwand des Raumschiffes hinaushob.
Links vom schwarzen Sessel und dem Kommandopult mit der Schreibmaschinentastatur und dem Fernsehbildschirm, die auf einem leicht erhöhten Podest mit Blick nach außen an der Wand standen, befand sich der rotbemalte COMPOSER.
Mehrere Türen führten aus dem Raum. Sie waren in regelmäßigen Abständen angeordnet und lagen zur Hälfte unter dem Raumbodenniveau. Kurze, quergerippte Rampen führten zu ihnen hinunter.
Außerdem waren da noch mehrere Stühle, eine Art Rauchtischchen, ein Tisch, dessen Tischplatte sich nach allen Seiten neigen ließ, und ein großes, rundes Bett genau in der Mitte des Raumes.
Ein dicker, in Orange, Gelb und Rot gehaltener Spannteppich mit Blumenmuster bedeckte den Boden.
Man hatte mehrere runde Fenster in den Boden eingelassen, die den Blick nach unten freigaben: der

Dritte Planet im Abraxasnebel war nur noch so groß wie eine Mottenkugel.
Als Iwan Iwanowitsch das Lachen vernahm, begann er sich sofort auszurechnen – wie es dem Menschen als denkendem Wesen und seiner Natur an sich nun einmal eigen ist –, welche direkt sein Leben bedrohenden Umstände sich aus der Tatsache, daß noch jemand anderer an Bord sein mußte, ergeben konnten. Er hatte zu tanzen aufgehört und blickte jetzt aufmerksam umher, ohne aber etwas Auffälliges bemerken zu können.
Die russische Musik füllte immer noch den Raum.
»Wer ist hier??« schrie Iwan Iwanowitsch schrill.
»Wie bitte?« fragte der Computer und stellte die Musik ab.
»Ich will wissen, ob jemand hier ist!« brüllte Iwan Iwanowitsch, »und ich will wissen, wer es ist!«
»Es ist aber niemand hier«, sagte der Computer.
»Soll ich mich vielleicht getäuscht haben!? He!«
»Nein«, sagte der Computer.
»Wer hat dann gelacht, gottverdammich?!« schrie Iwan Iwanowitsch.
»Ich«, antwortete der Computer.
»Du?«
»Ja.«
»Computer lachen nicht!«
»Die Bewohner des Dritten Planeten im Abraxasnebel haben entdeckt, daß ein Computer mit Gefühlen einem Computer ohne Gefühle überlegen ist, denn es gibt Situationen, bei denen ebensoviel für wie gegen eine bestimmte Entscheidung spricht. Ein gefühlloser Computer ist in einer solchen Situation

handlungsunfähig und weiß überhaupt nicht, was er tun soll!«

»Dann will ich wissen, warum du gelacht hast.«

»Weil«, sagte der Computer, »weil es so lustig aussah, wie Sie da herumgetanzt sind.«

»Lustig.« Iwan Iwanowitsch schaute noch einmal mißtrauisch im Kommandoraum herum, es war aber wirklich niemand zu sehen. »Ich will auch noch etwas essen«, sagte er nach einer Weile, »kann ich Brot und ein paar Spiegeleier haben?«

»Können Sie«, sagte der Computer. »Sie finden alles im COMPOSER. – Das leere Geschirr, den Teller und Speisereste stellen Sie einfach in den Kasten zurück!«

»Danke«, brummte Iwan Iwanowitsch, holte das Essen aus dem COMPOSER und stellte es auf den Tisch mit der verstellbaren Tischplatte.

»Bitte!« sagte der Computer, vielleicht ein wenig zynisch.

Als Iwan Iwanowitsch gegessen hatte, zog er die Sandalen und den silbernen Raumanzug aus und legte sich ins Bett.

»Ich möchte noch etwas sehen«, sagte er und schob das Kopfkissen zu einem Paket zusammen, um den Kopf hochgelagert zu haben.

»Gleich«, antwortete der Computer. »Darf ich bei dieser Gelegenheit auch noch die Sicherheitshülle aufbauen?«

»Von mir aus.«

Es wurde stockdunkel, und aus dem Boden, einige Meter vom Bettfußende entfernt, wuchs langsam eine große Projektionsleinwand.

»Was wünschen Sie denn zu sehen?« fragte der Computer.

»Ich möchteeeee ...«, antwortete Iwan Iwanowitsch, »ich möchteeeee ... – ich will endlich schlafen, verdammt noch mal!!«

Die Leinwand zog sich sogleich in den Boden zurück.

Iwan Iwanowitsch lag still da und schaute in die Glaskuppel. Draußen, im pechschwarzen Weltall, leuchteten große und kleine Sterne in allen Farben.

Iwan Iwanowitsch fühlte sich plötzlich sehr müde. Die doppelte Anziehungskraft des Dritten Planeten im Abraxasnebel hatte ihm einen rechtschaffenen Muskelkater eingebracht. Er schlief ein, träumte abwechslungsweise von seiner Mutter und der zweiten Frau des Aoa und sah nicht, wie die Erde aus dem Dunkel auftauchte und langsam, aber stetig größer wurde.

XI. Kapitel.
Iwan Iwanowitsch erwacht.

Iwan Iwanowitsch schlief fünfzehn Stunden lang, erwachte und versuchte gleich weiterzuschlafen, was ihm aber nicht gelang, da er den unwiderstehlichen Drang, einen gewissen Ort aufzusuchen, in sich verspürte.

Er saß auf, schneuzte sich, fand nach längerem Suchen eine Türe, die mit ›WC‹ angeschrieben war, und stolperte zu ihr hinunter.

Man hatte das ›WC‹ ganz mit wundervollen orangefarbenen Kacheln ausgelegt, die mit zwei oder mehr rot oder gelb bemalten konzentrischen Kreisen verziert waren. Das Waschbecken war rot, durchsetzt mit unregelmäßigen grellgelben Feldern.

Iwan Iwanowitsch setzte sich auf die WC-Schüssel, die mit einem bequemen, gepolsterten Rückenteil und ebensolchen Armlehnen ausgestattet war und sich wie ein Zahnarztstuhl über eine Art Gaspedal stufenlos in der Höhe regulieren ließ. Die vom Boden bis zur Decke reichende Spiegelwand links von ihm, die peinlich genau jede seiner Bewegungen registrierte, irritierte Iwan Iwanowitsch; er sollte sich auch nie an diesen Spiegel gewöhnen, obwohl er ihn schon sehr bald nicht mehr störte.

Als Iwan Iwanowitsch alles zu seiner vollsten Zufriedenheit erledigt hatte, ging er in den Kommandoraum zurück und legte sich wieder ins Bett.

»Guten Morgen, Iwan Iwanowitsch!« sagte der Computer.

»Guten Morgen«, brummte Iwan Iwanowitsch.
»Haben Sie gut geschlafen?«
»Es geht.«
»Sie sollten mal nach draußen schauen!«
Iwan Iwanowitsch, der auf dem Rücken lag und die Arme unter dem Kopf verschränkt hatte, öffnete die Augen und schaute durch die Glaskuppel nach draußen.

Das Raumschiff flog in etwa dreitausend Metern Höhe über die Erdoberfläche. Es war Iwan Iwanowitsch eigentlich schon die ganze Zeit so vorgekommen, als ob sich die Farben im Inneren des Raumschiffes ständig veränderten, was er vorher seiner Schläfrigkeit zugeschrieben hatte, wahrscheinlich aber durch die unterschiedliche Färbung der überflogenen Gebiete verursacht wurde. Oben zog dunkelblau, grün und grau das Meer vorbei, eine vom Wasser benagte Küste, Kornfelder, ein brauner, abgerundeter Hügelzug, einige Dörfer, ein paar Seen, erneut eine Küste, das Meer, ein lilafarbener Fluß, der ins Meer mündete und dort eine riesige, lilafarbene Blase bildete, eine große Stadt, wie Spargeln in den Himmel stoßende Hochkamine mit schräg nach oben wegziehenden, dünnen Rauchschleiern.

»Von mir aus gesehen«, bemerkte Iwan Iwanowitsch, »ist die Erde oben und ich unten.«
»Stimmt!« sagte der Computer.
»Warum falle ich dann nicht, von mir aus gesehen, nach oben, weil mich doch die Erde mit ihrer Anziehungskraft ...«
»Vergessen Sie bitte nicht«, unterbrach ihn der

Computer, »daß unser Raumschiff von allen von außen kommenden Anziehungs- und Abstoßungskräften isoliert ist und daß ich in diesem Raumschiff ein eigenes Kraftfeld habe aufbauen lassen. Zudem, davon abgesehen, ist die Anziehungskraft der Erde gar nicht so groß, wie Sie glauben. Die Kräfte, die ein Objekt an die Erde binden, sind nicht so sehr Anziehungs-, sondern Abstoßungskräfte. Denn die Erde wird ja von den aus verschiedenen Punkten des Weltalls strahlenden Abstoßungskräften in der Schwebe gehalten. Mit anderen Worten, der Mensch wird nicht von der Erde angezogen, sondern auf sie gedrückt. – Im Erdmittelpunkt ist die Dichte der einfallenden Abstoßungswellen am größten und nimmt nach außen laufend ab. – Da sie teilweise in einem relativ flachen Winkel auf die Erdoberfläche treffen, versetzen sie die Erde in eine Drehbewegung. Zu vergleichen wäre das etwa mit einem Pingpongball, der auf einem Wasserstrahl balanciert wird. Der Ball schwebt, beginnt sich aber wegen der Unregelmäßigkeit und des ungenauen Auftreffens des Wasserstrahles zu drehen. – Diese Abstoßungsgeschichte ist aber recht kompliziert. Sie werden sie wahrscheinlich nie verstehen!« (Sie, meine Damen und Herren, übrigens auch nicht!)
Iwan Iwanowitsch blieb noch eine Weile liegen und schaute auf die Erde. Dann stand er auf und zog seinen silbernen Raumanzug an, den er, als er ins Bett gegangen war, auf den Boden geschmissen hatte.
»Er ist gereinigt«, sagte der Computer.
»Oh, vielen Dank!«
Iwan Iwanowitsch setzte sich auf den ledernen

Kommandosessel und blickte ein paarmal in Fahrtrichtung, bis etwas besonders Auffälliges, wie ein Berg oder ein Fernsehturm, am Horizont auftauchte, das er dann fixierte. Die kurze Zeit, die das Fixierte brauchte, um unter das Raumschiff zu fliegen und hinter ihm am Horizont wieder zu verschwinden, gab Iwan Iwanowitsch eine ungefähre Vorstellung von der Geschwindigkeit, mit der sie die Erde umkreisten.

»Wir fliegen mit achtfacher Schallgeschwindigkeit!« sagte der Computer, ohne daß ihn Iwan Iwanowitsch danach gefragt hatte. Offenbar hatte er ihn wieder beobachtet. Es war ein unangenehmes Gefühl, zu wissen, daß man ständig beobachtet wurde, ohne den Beobachtenden beobachten zu können.

»Können wir vielleicht ein wenig langsamer fliegen?« fragte Iwan Iwanowitsch. »Vielleicht mit doppelter Schallgeschwindigkeit?«

Das Raumschiff reagierte sofort und wurde langsamer.

»Und mit den Füßen nach unten«, fügte er hinzu.

Das Raumschiff wandte sich um, so daß Iwan Iwanowitsch jetzt mit den Füßen zur Erde gewandt flog. Durch die großen Glasplatten am Boden sah er, daß sie eben ein mit Eis bedecktes Land überflogen.

»Es gibt da einige Funksprüche, die sich auf uns beziehen«, meldete der Computer. »Soll ich sie Ihnen durchgeben?«

»Klar!« schrie Iwan Iwanowitsch.

Der Computer gab durch: »— ucking bastard! Last warning! W-h-o a-r-e y-o-u? Last warning! W-h-o a-r-e y-o-u? L . . .«

»Was heißt das?« fragte Iwan Iwanowitsch.
»Das ist Amerikanisch! Sie drohen uns. Leicht gekürzt heißt es etwa: Wer sind Sie? Letzte Warnung!«
»Und das bezieht sich auf uns?!«
»Vermutlich.«
»Wieso ›letzte Warnung‹? Was haben die denn vor?«
»Das werden wir ja bald wissen.«
»Das interessiert mich jetzt wirklich«, sagte Iwan Iwanowitsch.
»Für alle Fälle haben wir ja einen Sicherheitsgürtel.«
Zuerst passierte nichts, außer daß, nachdem sie eine Weile Wasser überflogen hatten, Land in Sicht kam, bis plötzlich kleine, aber beängstigend schnell größer werdende Punkte aus verschiedenen Richtungen auf das Raumschiff zuschossen, um dann einen Zentimeter vor seiner Außenwand in Luft aufgelöst zu werden.
»Was ist das?« schrie Iwan Iwanowitsch.
»Ich werde es Ihnen in Zeitlupe zeigen«, antwortete der Computer. Auf dem Fernsehbildschirm des Kommandopultes erschien einer dieser Punkte, der jetzt unschwer als lange, dünne Rakete zu identifizieren war. Schneeweiß mit einigen schwarzen Längsstreifen und einer leicht abgestumpften schwarzen Nase. Auf zwei gegenüberliegenden Seiten hatte man sie in untereinander angeordneten, kantigen Großbuchstaben mit der Aufschrift ›US-Air-Defense‹ geschmückt.
Die Spitze der Rakete trat in den Schutzgürtel des Raumschiffes ein und wurde in Luft umgewandelt,

der Rest flog mit unverminderter Geschwindigkeit weiter und erlitt, von vorne nach hinten, laufend das gleiche Schicksal wie die vorderen, bereits zerstörten Teile der Rakete. Zuerst löste sich die Spitze der Rakete auf, dann kamen einige Zentimeter gelben Sprengsatzes – man konnte jetzt ins Innere der Rakete sehen –, dann ein Meter Elektronik, Transistoren, gedruckte Schaltungen und ein wahres Kabelgewirr von zu dicken Ästen zusammengebundenen roten, blauen, gelben und grünen Drähten, roten Kabeln mit gelber Marmorierung, gelben mit blauer Marmorierung, grünen mit blauer Marmorierung, blauen mit roter Marmorierung, dann zwei Meter mit Elektromotoren, Batterien und Mechanik, dann sechs Meter mit kugelförmigen Treibstofftanks, und zuletzt wurden auch die vier reizenden, unten an der Rakete angebrachten Stabilisierungsflügelchen und das eigentliche Raketentriebwerk in Luft aufgelöst. Das Ganze war faszinierend und äußerst lehrreich.

»Kann ich das noch einmal sehen?« fragte Iwan Iwanowitsch.

»Selbstverständlich!« antwortete der Computer. »Nur, während Sie auf den Bildschirm geschaut haben, ist bereits eine neue Ladung eingetroffen.«

»Eine neue Ladung!« rief Iwan Iwanowitsch begeistert. »Sahen die denn anders aus?«

»Ganz anders!«

»Wieso denn?«

»Sie müssen wissen, daß, solange wir mit achtfacher Schallgeschwindigkeit flogen, wir, ›weil ja niemand so schnell fliegen kann‹, für diese Holzköpfe inexistent waren, wie für den Menschen, wegen seiner im ganzen Weltall geradezu sprichwörtlichen Dummheit, sowieso mehr inexistent als existent ist. – Das war natürlich nicht gegen Sie gerichtet, mein lieber Iwan Iwanowitsch, ich meinte das ganz im allgemeinen, verzeihen Sie mir!«

»O bitte, bitte!« sagte Iwan Iwanowitsch. »Du brauchst dich wirklich nicht zu entschuldigen! Ich bin in der Sparkasse jahrelang Tag für Tag beleidigt worden. Jah-re-lang! So etwas macht mir heute nichts mehr aus! Noch am letzten Tag, an dem Tag, an dem mich die Leute vom Dritten Planeten im Abraxasnebel gefangen haben, hat mich der Pjotr Abrassimov, mein Chef, einen Esel geheißen! Wir sind da nicht so zimperlich bei uns. Ich bin ja, oder ich war vielmehr Dirigent von zwei Blasmusikkapellen, und ich kann dir sagen, ich habe die Klarinettisten regelmäßig Hurenböcke oder so genannt, wenn ich in Form war!«

»Tatsächlich?«

»Du glaubst mir vielleicht nicht, aber es war so!«

»Ehrlich, ich glaube Ihnen!« sagte der Computer. »Um aber noch einmal auf diese Raketen zurückzukommen: die Amerikaner sahen uns, als wir auf doppelte Schallgeschwindigkeit heruntergebremst hatten. Da wir ihnen keine Antwort auf ihre Funksprüche gaben, vermutlich ein großes Echo auf ihre Radarschirme warfen und recht schnell flogen, entschlossen sie sich wahrscheinlich, uns für ein paar russische Interkontinentalraketen oder etwas Ähnliches zu halten. Die Zeit für genauere Abklärungen fehlte ihnen, denn sie konnten uns ja erst relativ spät entdeckt haben. Also schossen sie ihre Abwehrraketen ab, die uns noch über dem Meer zerstören sollten. Jetzt, da wir weiterfliegen, versuchen sie es eben noch einmal, allerdings mit einer anderen Art von Raketen. Diese Raketen, Sie sehen eine auf dem Bildschirm, sind kürzer, weil sie weniger weit fliegen müssen und deshalb auch weniger Treibstoff brauchen. Sie beschleunigen außerordentlich rasch und fliegen mit festem Treibstoff.«

»Und wann schießen sie ihre Interkontinentalraketen ab?«

»Ich nehme an, sofort nachdem man bei ihnen etwas kaputt gemacht hat.«

»Also nein!« rief Iwan Iwanowitsch. »Diese Amerikaner! – Tzsss! – Ich hab es der Prawda zwar nie so recht glauben wollen, aber die sind wirklich verdammt streitsüchtig!«

Dann, nach einigen Minuten, erschienen die ersten Flugzeuge. Sie waren zweisitzig, schneidig bemalt und flogen dem Raumschiff eine Weile lang hintennach, wollten es offenbar immer genau vor der Nase haben, um jederzeit gleich schießen zu können. Mit der Zeit wagten sie sich aber seitlich, oben und unten an das Raumschiff heran. Iwan Iwanowitsch konnte die Köpfe der Flieger, die ihm das Gesicht zugewandt hatten und ihn und das Raumschiff fassungslos anstarrten, genau erkennen, und es schien ihm, daß sie Angst hatten.

»Diese Amerikaner!« rief Iwan Iwanowitsch. »Angst haben sie auch noch!«

Einige Piloten fotografierten, und Iwan Iwanowitsch lachte und winkte ihnen zu. Offenbar war es ihnen aber verboten, in solchen Fällen zurückzuwinken, oder ihre Angst war einfach zu groß. Vielleicht glaubten sie auch, daß hinter der Geste des Winkens eine solche des Drohens steckte.

»Jetzt langweilen sie mich«, sagte Iwan Iwanowitsch. »Ich will mit vierfacher Schallgeschwindigkeit fliegen.«

Das Raumschiff beschleunigte, und die Flugzeuge blieben zurück.

»Soll ich wieder langsamer werden?« fragte der Computer nach einer Weile. »Wir erreichen die russische Grenze.«

»Ja klar!« rief Iwan Iwanowitsch.

Kleine, aber schnell größer werdende Punkte rasten auf das Raumschiff zu und lösten sich, sobald sie in die Sicherheitshülle eintraten, in Nichts auf.

»Raketen?« fragte Iwan Iwanowitsch leise.

»Ja«, antwortete der Computer. »Wollen Sie sie sehen?«

»Nein!!«

»Es lohnt sich auch gar nicht. Sie sind nicht weiß bemalt, sondern schwarz mit einem kleinen roten Sternchen, sehen sonst aber im Prinzip gleich aus wie die amerikanischen, sogar innen.«

Die Raketen stiegen steil auf und schossen dann in einer bogenförmigen Bahn auf das Raumschiff zu. Sie erinnerten Iwan Iwanowitsch an die Abende, an denen er über die noch warme Straße heimfuhr und die Mücken manchmal in derartigen Scharen an die Windschutzscheibe seines Wagens klatschten, daß er die Scheibenwischer laufen lassen mußte.

»Ja, ja! Tzss!« sagte der Computer. »Diese Russen!«

Schon bald, nach wenigen Minuten, erschienen die ersten Flugzeuge. Sie waren zweisitzig und flogen dem Raumschiff eine Weile lang hintennach, wollten es offenbar immer genau vor der Nase haben, um jederzeit gleich schießen zu können. Dann wagten sie sich auch langsam seitlich, oben und unten an das Raumschiff heran. Iwan Iwanowitsch konnte den Gesichtsausdruck der Piloten, die ihm das Gesicht zugewandt hatten und ihn und das Raumschiff fassungslos anstarrten, deutlich erkennen, und es schien ihm, daß sie Angst hatten, obwohl er möglichst subjektiv, im positiven Sinne, hinzuschauen versuchte.
Einige Piloten fotografierten, und Iwan Iwanowitsch lachte und winkte ihnen zu. Offenbar war es ihnen aber verboten, in solchen Fällen zurückzuwinken, oder ihre Angst war einfach zu groß. Vielleicht vermuteten sie hinter der Geste des Winkens sogar eine solche des Drohens.
»Jetzt langweilen die mich auch!« sagte Iwan Iwanowitsch und beschloß, auf Anregung des Computers auch noch ein paar andere Länder zu besuchen. Diesmal flogen sie aber ein bißchen langsamer, um, wie der Computer sagte, allen eine Chance zu geben.
Dann ließ sich Iwan Iwanowitsch einen Teller Suppe geben und setzte sich an das Kommandopult, so daß er gleichzeitig Suppe essen und nach draußen schauen konnte. Mit Abwehrraketen wurden sie zwar nicht mehr belästigt – entweder hatten die betreffenden Länder keine, oder das Personal, das sie sonst bediente, war krank, unfähig, streikte, schlief, war in den Ferien, eben inhaftiert oder anderswie

verhindert, oder die Anlagen waren kaputt, unzuverlässig, oder, was Iwan Iwanowitsch jetzt am unwahrscheinlichsten fand, sie hatten keine Lust zu schießen –, langweilig wurde es trotzdem nie, denn Militärflugzeuge erschienen mehr als genug, je nachdem, was sie gerade überflogen. Jugoslawische, mexikanische, marokkanische, brasilianische, israelische, italienische, ägyptische, japanische, muskinische, kanadische, französische, schwedische, spanische, indische, libysche, syrische, deutsche und das Flugzeug eines Großindustriellen, der hier nicht genannt sein will.

Sie werden verstehen, daß ich nicht alle Flugzeuge aufzählen kann. Ich möchte es aber auf keinen Fall versäumen, auch die Österreichs und die der Schweiz zu erwähnen.

Alles in allem, es war eine erregende und zugleich überzeugende Demonstration.

Iwan Iwanowitsch legte sich müde ins Bett. Er war zehn Stunden aufgewesen, hatte viel gesehen, ebensoviel gegessen und fast noch mehr getrunken. Der Computer verdunkelte den Kommandoraum.

»Schlafen Sie schon?« fragte der Computer nach einer Weile.

»Ja«, brummte Iwan Iwanowitsch.

»Es gibt da etwas, was mir eigentlich nie ganz klar geworden ist und ich Sie gerne einmal gefragt hätte.«

»—«

»Es bezieht sich auf Ihr Leben auf der Erde.«

»—«

»Müssen Sie arbeiten?« fragte der Computer.
Als Antwort lüftete Iwan Iwanowitsch die Decke und gab etwas derart Unanständiges von sich, daß ich es nicht einmal zu umschreiben wage.
Wo kämen wir da auch hin!
Ein wenig später, Iwan Iwanowitsch hatte schon etwa drei Stunden geschlafen, weckte ihn der Computer mit der Mitteilung, daß sie unter starkem Beschuß lägen, und ob dagegen etwas zu unternehmen sei.
»Ach mach doch, was du willst!!!« schrie Iwan Iwanowitsch. »Und laß mich in Ruhe!!!«
Dann drehte er sich auf die andere Seite, drückte sein Kopfkissen zurecht und schlief weiter.

XII. Kapitel
oder
Iwan Iwanowitsch überlegt etwas.

Als Iwan Iwanowitsch nach einigen Stunden erwachte, fragte ihn der Computer: »Soll ich die Dunkelheit abschalten?«
»Wie bitte?«
»Ob ich die Dunkelheit abschalten soll.«
»Ob du ... geht das?«
»Ich kann diesen Raum erhellen, aber auch eindunkeln. Es ist eigentlich höchst erstaunlich, daß ihr Menschen einen Raum mit Licht füllen könnt, nicht aber mit Dunkelheit. Ich kann Ihnen ja erkl ...«
»Nein, später! Später einmal!«
Iwan Iwanowitsch schob den Kopf über den linken Bettrand und schaute durch eine der Bodenscheiben.
Auf der Erde graute der Morgen. Das Raumschiff schwebte über einer kahlen Landschaft. Unten hatte man mehrere Fliegerabwehrkanonen herangefahren, in einem Halbkreis aufgestellt und feuerte jetzt mit einem Eifer, der an Besessenheit grenzte, ohn Unterlaß in Richtung Raumschiff. Durch den Rückstoß der abgefeuerten Geschosse schnellten die Kanonenläufe nach hinten und stießen durch den Druck irgendwelcher Stoßdämpfer oder Federn wieder nach vorne. Dann wurde der Lauf hinten geöffnet, ein neues Geschoß eingeführt und der Verschlußdeckel, den man jeweils nach ein paar Schüssen zur Kühlung mit Wasser übergoß, ähnlich wie der einer Bierflasche wieder geschlossen. Die Bedienungsmannschaften entluden, luden, zogen an den Abzugsschnüren und rannten umher, um die

Geschütze mit Munition, die man auf kleinen roten, dreirädrigen Lastwagen herangebracht hatte, zu versorgen.

Es schien kalt zu sein. Die Leute da unten froren trotz ihrer anstrengenden Tätigkeit und den dicken blauen Wattejacken, die sie trugen. Der Atem schoß ihnen kurz, schnell und stoßweise als Dampf aus den Nasenlöchern, und auch die langsam aufgehende Sonne schien sie nur wenig wärmen zu können.

»Chinesen?« fragte Iwan Iwanowitsch.

»Ja«, antwortete der Computer.

»Seit wann geht das so?«

»Ich habe Sie doch einmal geweckt und starken feindlichen Beschuß gemeldet.«

»Tatsächlich? Daran kann ich mich gar nicht mehr erinnern.«

»Doch! Und auf die Frage, was ich tun soll, haben Sie es mir freigestellt. Da habe ich mir gedacht, wir bleiben ein wenig hier und geben ihnen Gelegenheit, sich ein wenig einzuschießen.«

»Was gibt es in dieser Wüste zu verteidigen?«

»Das unterirdische Forschungszentrum für Bomben mit atomaren Sprengsätzen.«

»Ach so! Ja, diese Chinesen!«

»Es sind auch zwei Deutsche hier.«

»Tzss!«

Iwan Iwanowitsch stieg aus dem Bett. Der Computer hatte den silbernen Raumanzug wegräumen lassen und dafür einen orangefarbenen hingelegt, der auf der linken Brusttasche in einer eleganten, schwarzen Schreibschrift mit ›Iwan Iwanowitsch‹ beschriftet war. Iwan Iwanowitsch zog den Anzug an, setzte sich auf den Bettrand und überlegte, was er heute tun könnte. Es kam ihm aber, so mächtig er sich im Moment auch anstrengte, nichts Besonderes in den Sinn. Schließlich beschloß er, sich einmal im Raumschiff umzusehen.

»Ich will mich einmal im Raumschiff umsehen«, sagte er.

»Viel Vergnügen«, antwortete der Computer.

Alle Räume waren mit leuchtendfarbenen Spannteppichen ausgelegt und hatten in der Decke ein großes Fenster. Im Badezimmer und in dem Zimmer mit dem neun mal neun Meter großen Swimming-pool nahm das Fenster sogar die ganze Decke ein. Alle Zimmer, mit Ausnahme der zwei eben erwähnten, waren leer, ohne jedes Mobiliar.

Als Iwan Iwanowitsch das Raumschiff inspiziert hatte, ging er in den Kommandoraum zurück und legte sich wieder ins Bett.

Unten hatten sich die Chinesen mit ihren Lastwagen und Geschützen ungefähr einen Kilometer weit vom Raumschiff entfernt.

Dafür erschien jetzt ein chinesisches Jagdflugzeug, eine alte, in Rußland gebaute MIG. Iwan Iwanowitsch hatte dieses Flugzeug schon einmal gesehen, als er sich mit dem Prokuristenverein den 1.-Mai-Umzug in Moskau angesehen hatte, und er erinnerte sich genau an den spitzen roten Metallkegel, der aus der sonst stumpfen Flugzeugnase herausstach. Das Flugzeug beschoß das Raumschiff mit Raketen, die teils nicht trafen und irgendwo am Boden explodierten, teils in der Sicherheitshülle des Raumschiffs in Luft aufgelöst wurden.

Iwan Iwanowitsch verschränkte die Arme unter dem Kopf, schloß die Augen und dachte angestrengt nach.
Der Aoa wollte eine gute Tat tun und hatte ihm das Raumschiff geschenkt, Professor Baobab sagte, daß er, Iwan Iwanowitsch, damit die Welt beherrschen könne, und das war vermutlich, was der Aoa mit der guten Tat meinte.
Iwan Iwanowitsch dachte an die Chinesen da unten und an das, was er vor einigen Stunden erlebt hatte, an die Abwehrraketen und Flugzeuge.
Plötzlich kam es Iwan Iwanowitsch in den Sinn, daß es das beste sein würde, sich einmal der Welt vorzustellen, und er malte sich aus, wie seine Mutter, die Arbeitskollegen, seine Sekretärin und erst der Abrassimov, sein Chef, darauf reagieren würden.
»Ich möchte allen Menschen eine Botschaft übermitteln. Geht das?« fragte Iwan Iwanowitsch.
»Einen Moment«, bat der Computer. Dann sagte er: »Ich kann es sogar so einrichten, daß jedes Volk der Erde die Botschaft in seiner eigenen Sprache hört.«
»Das wäre ja unglaublich!« schrie Iwan Iwanowitsch.
»Wir müssen dann allerdings vier große Satelliten bauen«, sagte der Computer. »Und diese Satelliten plazieren wir so um den Erdball, daß ihre Sender zusammen die ganze Erdoberfläche bestreichen. Ihre Botschaft übermitteln wir an einen dieser vier Satelliten, und dieser gibt sie erst einmal an die anderen drei weiter. Zwischen der Erde und den vier großen Satelliten errichten wir ein Netz von dreißigtausend kleineren Satelliten, die Ihre Botschaft über einen

der vier Großsatelliten empfangen, sie in die Sprache des untenliegenden Gebietes übersetzen und sie dann nach unten abstrahlen. Diese Satelliten können wir so bauen, daß ihre Sendeleistung derart gewaltig ist, daß ...«
(Passen Sie jetzt gut auf, meine Damen und Herren, denn das gibt Ihnen den Rest.)
»... daß ihre Sendeleistung so gewaltig ist, daß alle Radioapparate der Welt unsere Sendung ausstrahlen, auch ohne daß sie angeschaltet wurden, ja sogar ohne daß sie am Stromnetz angeschlossen oder mit Batterien versorgt zu sein brauchen und unabhängig vom Sender, auf den sie gerade eingestellt sind! – Das gleiche können wir natürlich auch für die Fernsehapparate machen, dort sogar mit Bild!«
»Großartig!!« schrie Iwan Iwanowitsch. »Können wir gleich damit beginnen!?«
»Selbstverständlich«, sagte der Computer. »Zuerst müssen Sie aber noch den Raumanzug und das andere Zeugs anziehen, das ich Ihnen eben im COMPOSER habe anfertigen lassen.«
Der COMPOSER reichte Iwan Iwanowitsch einen silbernen Raumanzug mit angenähten Socken und Handschuhen, einen Helm, Schuhe und einen schwarzen, lexikongroßen Kasten.
»Wir werden uns zuerst einige Kilometer weit von der Erde entfernen«, fuhr der Computer fort. »Dann beginnen wir mit dem Bau der Satelliten, lassen das Raumschiff mit Lichtgeschwindigkeit von Ort zu Ort fliegen und befördern die Satelliten laufend durch den Liftschacht nach draußen. Sie werden die Sicherheitshülle unbeschadet durchfliegen und sich

exakt am vorprogrammierten Ort stabilisieren.«

Das Raumschiff startete und ließ die Chinesen, die ihre alten Stellungen bezogen hatten und das Raumschiff erneut beschossen, hinter sich zurück.

Iwan Iwanowitsch schlüpfte in den Raumanzug, stülpte sich den vollverglasten, glockenförmigen Helm über den Kopf, schraubte ihn mit einer halben Drehung fest und schnallte sich den schwarzen Kasten, der ihn, wie der Computer versicherte, mit Sauerstoff versorgen und den Raumanzug kühlen und ventilieren würde, wie einen Rucksack auf den Rücken. (Sie kennen das von der amerikanischen Mondlandung her!)

Dann ging Iwan Iwanowitsch aufs WC, um sich im großen Spiegel zu bewundern, und als er zurückkam, war der COMPOSER daran, den letzten der vier Großsatelliten durch den nunmehr geöffneten Liftschacht nach draußen fliegen zu lassen.

Jetzt begann er, die dreißigtausend kleineren Satelliten zu je zehn Stück in seiner Vakuumkammer zu fertigen. Er klappte dann jeweils seine Vorderfront hoch, nahm die eben fabrizierten Satelliten mit einem Greifarm aus sich heraus und schob sie in den Liftschacht.

Die vier Großsatelliten waren etwa so groß wie ein Wasserball, die dreißigtausend kleineren hatten die Größe eines Fußballes. Sie flogen in den Weltraum, wo sie ihre kohlblätterartigen Antennen, die sie erst flach an ihren glatten, kugelförmigen Leib gepreßt hielten, langsam wie Blütenblätter entfalteten.

Als alle Satelliten gebaut und an ihrem Ort waren, ließ der Computer den Liftschacht schließen.

Iwan Iwanowitsch schraubte den Helm ab, nahm den schwarzen Kasten vom Rücken, zog die Schuhe aus und schälte sich aus dem Raumanzug.
Dann bestellte er sich etwas zu essen, und während er aß, memorierte er noch einmal den Text der Ansprache, die er sich in der Zwischenzeit ausgedacht hatte.
Als Iwan Iwanowitsch fertig gegessen hatte, sagte der Computer: »Sie können Ihre Botschaft jederzeit durchgeben!«
»Ich möchte aber, daß du im Fernsehen nur meinen Kopf zeigst und die Botschaft zwanzig Stunden lang wiederholst!«
»In Ordnung.«
»Kann ich beginnen?«
»Bitte.«
»Meine Damen und Herren!
Mein Name ist Iwan Iwanowitsch, und ich bin gekommen, um die Welt zu beherrschen. – Wie mächtig ich bin, sehen Sie allein schon an der Tatsache, daß Ihr Radio oder Fernsehapparat diese Sendung wiedergibt, auch wenn Sie ihm die Batterien herausnehmen oder den Stecker aus der Steckdose ziehen! – In zwanzig Stunden werde ich Ihnen einen weiteren Beweis meiner Macht liefern. Wenn Sie keinen Fernsehapparat haben, sollten Sie jemanden aufsuchen, der einen hat! Auf Wiedersehen!«
»Sind Sie fertig?« fragte der Computer.
»Ja«, antwortete Iwan Iwanowitsch, »und bei den Wiederholungen mußt du die Zwanzig-Stunden-Angabe natürlich laufend der davon bereits verflossenen Zeit anpassen.«

»Natürlich!« sagte der Computer. Aber das hörte Iwan Iwanowitsch bereits nicht mehr. Er hatte während seiner Botschaft an die Völker der Erde auf dem Bett gelegen und war eingeschlafen.
Der Computer verdunkelte den Kommandoraum und ließ Iwan Iwanowitsch von den zwei unten versenkt am Bett angebrachten Greifarmen sorgsam zudecken.

XIII. (dreizehntes!) Kapitel,
in dem der Autor eine Erklärung abgibt.

In diesem Kapitel legt der Autor Wert darauf, einmal klarzustellen, daß er, obwohl in den vorangegangenen zwölf Kapiteln der Eindruck entstanden und der Schein gegen ihn sein mag, nicht abergläubisch ist. Er möchte dies nicht zuletzt dadurch beweisen, daß er sich auch an dieses dreizehnte Kapitel wagt und ihm mit keinerlei faulen Tricks aus dem Weg zu gehen sucht. — Ich bin nicht abergläubisch!! — Alle anderslautenden Verdächtigungen sind unzutreffend, völlig aus der Luft gegriffen, erstunken und erlogen!
Ich danke für Ihre Aufmerksamkeit.

XIV. Kapitel.

Hier wird in der Hauptsache davon berichtet,
wie die Menschen auf die erste Botschaft
des Iwan Iwanowitsch reagierten.
In diesem Kapitel wird aber auch
erstmals einer breiteren Öffentlichkeit
gestattet,
einen Blick hinter die Kulissen
der internationalen Politik
zu werfen.

»Scheiße!« sagten der Präsident der Vereinigten Ostzuckerwerke, der Präsident des Vereines zur Wiedergewinnung alter Werte, der Präsident des Kartellverbandes-Süd, verschiedene Staatspräsidenten, der Präsident des Präsidentenverbandes, diverse Parteipräsidenten und eine Menge anderer Präsidenten und solche, die es einmal zu werden hofften.
»Scheiße!« sagten sechsmillionensechshunderttausendvierhundertundsechsundfünfzig Mietshausbesitzer, fünfundachtzig Hersteller von Friedensleibchen ohne Diversifikationsmöglichkeiten, ein paar Mafiabosse, zweihundertundfünfzigtausend Astrologen, dreißigtausend Fabrikanten von Flipperkästen und Spielsalonbesitzer, achtunddreißig Filmgesellschaften, zweiundneunzig Verleger von Selbstverteidigungsliteratur, dreiundzwanzig Protestsänger mit mehr als drei goldenen Schallplatten, zwei Protestsänger mit drei goldenen Schallplatten, zwei Protestsänger mit zwei goldenen Schallplatten, ein Protestsänger mit einer goldenen Schallplatte, neunhundertundacht Protestsänger mit keiner goldenen Schallplatte, siebenundsiebzigtausend Berufsfußballspieler, eingeschlossen deren Betreuer, Trainer, Masseure, vor allem aber auch Kassierer, eine Million anderer Berufssportler, elf Hersteller von pornographischen Patience-Karten, dreitausendachthundert Fabrikanten von Beruhigungs- und Schlafpillen und deren Ehefrauen, ein paar Studentenführer, zweiundzwanzig Reiseunternehmer, schätzungsweise acht Millionen unverbesserliche Militaristen und kalte

Krieger, hundertundein Hersteller von potenzsteigernden Mitteln, vierhundertundvierunddreißig ausschließliche Hersteller von Fahnen und anderen patriotischen Artikeln, achtunddreißigmillionendreihundertundeinundfünfzigtausendvierhundertundsiebenundsechzig Spielverderber und viele, viele andere, die auch Schlimmes befürchteten und die bitte nicht böse sein sollen, daß sie aus Platzgründen nicht auch noch erwähnt werden konnten.

Nun sagte es natürlich jeder, der es sagte, in seiner eigenen Sprache. Der eine rief ›merde!‹, der andere ›shit!‹, der eine rief dies, der andere das. An sich wäre das natürlich nicht weltbewegend gewesen, aber es gab da eben auch feinere Unterschiede! Bei einigen klang das unfeine Wort beinahe hoffnungsvoll und anerkennend, und auf diese Herren kommen wir in einer Minute zurück.

Iwan Iwanowitsch schlief, während unten auf der Erde die Hölle los war. Jeder auch nur halbwegs funktionierende Radio- oder Fernsehapparat plärrte seine Botschaft pausenlos und lautstark in der Gegend herum.

Zuerst hatte man die Botschaft des Iwan Iwanowitsch für einen Scherz gehalten, den die einen geschmacklos, die anderen recht lustig gefunden hatten.

Als man dann aber entdeckt hatte, daß das Ganze kein Scherz war, daß der Radio- oder Fernsehapparat tatsächlich, eingeschaltet oder nicht, unabhängig vom gerade eingestellten Sender, gleichgültig, ob er an der Stromquelle angeschlossen, mit Batterien versorgt war oder nicht, die Botschaft des Iwan Iwanowitsch von sich gab, befürchteten die einen das Schlimmste; andere wußten nicht, was sie davon halten sollten, ja, es gab sogar welche, die sich auf die kommenden Ereignisse freuten.

Doch kommen wir nun, wie versprochen, auf jene Herren zurück, die ich vor einer knappen Minute erwähnt habe und die auch zu jenen gehörten, die das Schlimmste befürchteten und auch ›Scheiße!‹ gesagt hatten, allerdings eben mit dem einen kleinen Unterschied, daß ihr ›Scheiße!‹, im Gegensatz zu dem ›Scheiße!‹ anderer, hoffnungsvoll und fast anerkennend geklungen hatte.

Das ›Scheiße!‹, das so klang wie das oben beschriebene, war das russische, wobei ich beschämt gestehe, daß ich nicht mehr weiß, was ›Scheiße!‹ auf Russisch heißt – ich hab's aber einmal gewußt.

Die näheren Umstände der Aufregung werde ich Ihnen in einer dramatisierten Fassung präsentieren. – Ich bin mir im klaren darüber, daß es unter Ihnen, meine Damen und Herren, ausgesprochene Feinde des Dramas geben könnte, möchte aber daran erinnern, daß dieses Drama wahr und nicht etwa dem Gehirn irgendeines verrückten Autors entsprungen ist! Dieses Drama ist eine Chronik! Eine Prophezeiung! Geschichte und Gegenwart zugleich!

Lesen Sie aufmerksam und sorgfältig weiter! Es wird sich auch für Sie lohnen! Hier wird es erstmals einer breiten Öffentlichkeit gestattet, einen Blick hinter

die Kulissen der internationalen Politik zu werfen!
Ort der Handlung: Der Speisesaal einer Datscha am Schwarzen Meer, einer ehemaligen Residenz irgendeines Zaren.
Große Spiegel und mit Blattgold verzierter Gips. – An der Decke hängen große Kristallüster; bei einigen fehlen mehrere Glasperlen, die ein Elektriker für seine Kleinen daheim geklaut hat. – In der Mitte des Saales steht ein großer ovaler Tisch mit vierzehn Stühlen. – Auf dem Tisch stehen – abgesehen von mehreren Wein-, Bier- und Mineralwasserflaschen, Gläsern und vierzehn Aschenbechern – zwei rote, zwei schwarze und zwei weiße Telefone. – Das eine rote Telefon ist eine direkte Verbindung mit Peking. Das andere rote Telefon ist eine direkte Verbindung mit Peking für den Fall, daß die erste direkte Verbindung mit Peking nicht funktioniert. – Das eine schwarze Telefon ist eine direkte Verbindung mit Washington. Das andere schwarze Telefon ist eine direkte Verbindung mit Florida oder Kalifornien für den Fall, daß der Präsident in den Ferien weilt. – Die zwei weißen Telefone sind direkte Verbindungen mit dem Nato-Hauptquartier. Mit dem einen weißen Telefon kann man das Wort ›ja‹ übermitteln und mit dem anderen weißen Telefon das Wort ›nein‹. Telefonieren mit dem Nato-Hauptquartier ist in erster Linie deshalb immer sehr ermüdend, weil man dabei zwei Telefonhörer in der Hand halten muß!
Ein Radioapparat plärrt pausenlos die erste Botschaft des Iwan Iwanowitsch.
Personen der Handlung: Am Tisch sitzen ein Vier-

sterngeneral, zwei Dreisterngeneräle, drei Zweisterngeneräle, vier Einsterngeneräle, kein Keinsterngeneral, der Ministerpräsident, der Geheimdienstchef, der Vizegeheimdienstchef und der Genosse Protokollführer, der alles mitschreibt.

Ein Diener und zwei Serviererinnen stehen.

BEGINN DER HANDLUNG

Der Viersterngeneral: »Warum stellt denn niemand das verdammte Radio ab!«

Die Zwei- und Einsterngeneräle: »Ja, warum!«

Der Diener: »Es geht nicht.«

Der Viersterngeneral: »›Es geht nicht‹ gibt's bei uns nicht!«

Der Diener versucht, das Radio abzustellen, obwohl er genau weiß, daß es nicht geht.

Der Viersterngeneral: »Machen Sie das verdammte Ding endlich kaputt, Sie Esel!!«

Der Diener zögert einen Augenblick und wirft das Radio auf den Boden. Der Apparat lärmt weiter. Der Diener gibt ihm einen Tritt, dabei geht ein großer Spiegel in die Brüche, aber der Radioapparat läuft weiter.

Der Viersterngeneral: »Werfen Sie das verdammte Scheißding aus dem Fenster!!«

Der Diener wirft den Apparat aus dem Fenster. Man hört einen dumpfen Aufschlag, aber das Radio lärmt weiter.

Der Viersterngeneral: »Schließen Sie das Fenster, Sie Trottel!!!«

Der Diener schließt das Fenster. Iwan Iwanowitschs Botschaft an die Völker der Erde dringt nur noch gedämpft in den Saal.

Der Ministerpräsident (zum Viersterngeneral): »Nun?«

Der Viersterngeneral: »Was nun?«

Der Ministerpräsident: »Was sagen Sie zu dieser ganz großen Scheiße?«

Der Viersterngeneral: »Ich? – Ich bin der Meinung, daß es eine ganz große Sauerei ist! Eine ganz große Sauerei!«

Der Ministerpräsident: »Und wie erklären Sie sich das?«

In diesem Moment läutet eines der roten und, Sekundenbruchteile später, eines der schwarzen Telefone.

Der Ministerpräsident (Er nimmt das rote Telefon ab): »Ja – Ja – Ach? – Ist gut, mach ich!« (Er legt das rote Telefon auf und nimmt das schwarze ab): »Ja – Ja – Ach? – Ist gut, mach ich!« (Er legt auch das schwarze Telefon auf.)

Der Viersterngeneral: »Wer war das?«

Der Ministerpräsident: »Das waren Peking und Washington.«

Der Viersterngeneral: »Und was haben sie gesagt?«

Die zwei Dreisterngeneräle (im Chor): »Haben sie ...?«

Der Ministerpräsident: »Sie haben gesagt, es geht ihnen auch so.«

Der Viersterngeneral: »Es geht ihnen auch so – was?«

Der Ministerpräsident: »Sie sagen, sie können es sich auch nicht erklären.«

Der Viersterngeneral: »Haben Sie ›auch‹ gesagt?«

Der Ministerpräsident: »Wie bitte?«

Der Viersterngeneral: »Haben Sie ›auch‹ gesagt?«

Der Ministerpräsident: »Was wollen Sie eigentlich?«

Der Viersterngeneral: »Ich meine, ob sie wirklich gesagt haben, sie können es sich ›auch nicht‹ erklären? ›Auch nicht‹!«

Der Ministerpräsident: »Natürlich haben sie das gesagt!«

Der Viersterngeneral: »Dann würde mich aber interessieren, woher die wissen, daß wir uns das ›auch nicht‹ erklären können!!«

Der Geheimdienstchef (flüsternd): »Das ist doch ganz einfach! Das weiß doch jeder! Dort drüben, in der roten Vase (er zeigt auf sie), befindet sich das chinesische Abhörmikrophon, und dort drüben, im Sockel jener weißen Marmorvenus (er zeigt auf sie), befindet sich das amerikanische.«

Der Viersterngeneral: »Wie bitte?!«

Der Geheimdienstchef: »Sie haben doch genau verstanden, was ich gesagt habe!«

Der Viersterngeneral: »Das ist un-ge-heuerlich!!«

Der Geheimdienstchef: »Nein, wieso?«

Der Viersterngeneral: »Doch! Doch! Doch! Doch!«

Der Geheimdienstchef: »Wenn wir jetzt zum Beispiel das chinesische Abhörmikrophon abklemmen, finden die gleich heraus, daß wir auch etwas von Abhörgeräten verstehen, dann suchen sie, ob sie vielleicht solche von uns haben, und dann finden sie das, das wir in ihrer roten Vase versteckt haben! Und die Amerikaner würden auch Abhörgeräte suchen und die finden, die wir in ihrer weißen Marmorvenus haben!«

Der Vizegeheimdienstchef: »Wobei ich noch hinzufügen möchte, daß der Empfang nicht mehr so gut ist, seit eine der amerikanischen Putzfrauen die Venus ein wenig verrückt hat!«

Der Viersterngeneral: »Wozu denn noch diese Telefone?? Das ist un-ge-heuerlich!!«

Der Geheimdienstchef (flüsternd): »Sie haben immer noch nicht begriffen! – Wenn ich denen sage, daß die Telefone überflüssig sind, suchen die gleich nach unseren Abhörmikrophonen, finden sie und klemmen sie ab. Und woher sollen wir dann unsere Informationen beziehen, hä?!«

Der Viersterngeneral: »Sobald ich beweisen kann, daß uns diese Mikrophone schaden, werde ich Sie fertigmachen!!«

Der Geheimdienstchef: »Sie? Mich? Also das glaube ich nicht.«

Der Viersterngeneral: »Und wieso nicht, wenn ich fragen darf!?«

Der Geheimdienstchef: »Oh, es gibt da tausend Gründe.«

Der Viersterngeneral: »Nennen Sie doch einmal nur einen einzigen dieser tausend Gründe!!«

Der Geheimdienstchef: »Bitte.« (Er blättert in seinem kleinen, schwarz eingebundenen Notizbüchlein.) »Ich könnte zum Beispiel diesen nennen.« (Er liest vor.) »Die Petersilie von Onkel Jekow ist auf dem Küchensims von Großmütterchen gestern um sieben Uhr dreiunddreißig verdorrt, wahrscheinlich aus Unachtsamkeit.«

Der Viersterngeneral (er wird bleich, seine Hände zittern, er versucht aufzustehen, fällt aber auf seinen Stuhl zurück): »Genosse Geheimdienstchef, Sie sind ein Schwein.«

Der Geheimdienstchef (fröhlich): »Sie auch, Genosse General, Sie auch.«

Der Ministerpräsident: »Ihre persönlichen Meinungsverschiedenheiten können Sie später austragen! Wir sind hier, um wichtige Dinge zu besprechen!«

Der Geheimdienstchef: »Ich habe nicht damit angefangen!«

Der Vizegeheimdienstchef: »Nein! Er nicht! Das stimmt! Das war der andere, der angefangen hat, Genosse Präsident!«

Der Ministerpräsident: »Ich schlage vor, daß wir jetzt endlich, endlich zur Behandlung unseres Problems kommen!! Will sich jemand dazu äußern?«

Alle versuchen, ein möglichst unbeteiligtes Gesicht zu machen.

Nur der Geheimdienstchef und sein Vize schauen triumphierend von einem zum anderen.

Der Geheimdienstchef: »Will niemand etwas sagen? Niemand? Wirklich niemand? Wie wär's denn mit Ihnen, Genosse General?«

Der Viersterngeneral: »Das verbitte ich mir! Sie wissen ja auch nichts!«

Der Geheimdienstchef: »Ich weiß eine ganze Menge!«

Der Viersterngeneral (ironisch): »Ja?«

Der Geheimdienstchef: »Wir haben festgestellt, daß die Sendungen von einem sich im Weltraum befindlichen Punkt abstrahlen, und haben erfahren, daß diese Botschaft in den entsprechenden Sprachen auf der ganzen Welt gehört werden kann!«

Der Ministerpräsident: »Das ist ja hochinteressant!«

Der Geheimdienstchef: »Sehen Sie! – Ja, und dann haben wir uns die Botschaft genau angehört und festgestellt, daß sich der Mann, der die Botschaft übermittelt, Iwan Iwanowitsch nennt und somit Russe ist!«

Der Viersterngeneral: »Hört, hört!«

Der Geheimdienstchef: »Das sollten Sie wirklich tun. Jetzt kommt nämlich das Sensationelle! Genossen! Ich und mein Stellvertreter ...«

Der Vizegeheimdienstchef (er hebt die Hand und steht auf): »Hier!«

Der Geheimdienstchef: »... sind noch vor wenigen Stunden in Kobolsk gewesen!!«

Der Viersterngeneral (ironisch): »Nein?!«

Der Geheimdienstchef: »In Kobolsk wird nämlich seit einiger Zeit ein Iwan Iwanowitsch vermißt.«

Der Viersterngeneral: »Ach was, Iwan Iwanowitschs gibt's bei uns doch jede Menge!«

Der Geheimdienstchef: »Zugegeben! Der Bürgermeister von Kobolsk hat uns aber versichert, daß er und das ganze Dorf den Iwan Iwanowitsch als den Iwan Iwanowitsch erkannt haben, den sie schon seit einigen Tagen vermissen.«

Der Vizegeheimdienstchef: »Und das Auto des Iwan Iwanowitsch wurde verlassen auf der Straße von Workursk nach Kobolsk gefunden: Iwan Iwanowitsch arbeitete nämlich in Workursk und mußte sich auf dem Heimweg befunden haben. Der Motor, die Scheinwerfer und die Sitze des Autos fehlten, aber das könnte natürlich auch irgendein ...«

Der Ministerpräsident: »Hat er Verwandte?«

Der Geheimdienstchef: »Eine Mutter. Daran haben wir auch gedacht! Sie weiß aber von nichts.«

Der Ministerpräsident: »Was schlagen Sie vor, daß wir jetzt tun sollen?«

Der Geheimdienstchef: »Sind Sie der Präsident?« (Er zeigt auf den Präsidenten.) »Oder bin ich es?« (Er zeigt auf sich.) »Bin ich General?« (Er zeigt auf sich.) »Oder sind Sie General?« (Er zeigt auf den General.) – »Kurz und gut, wir werden, und auf meine Veranlassung hin wird bereits fieberhaft daran gearbeitet, wir werden auf dem Baikalsee mit farbigen Kunststoffolien, die auf der Wasseroberfläche schwimmen, groß ›Iwan Iwanowitsch, Rußland heißt dich willkommen‹ schreiben!!«

Der Ministerpräsident: »Meine Scheiße! Mann! Prima! Das haben Sie großartig gemacht!!«

VORHANG

Die Folgen dieses Gespräches waren, daß die Amerikaner die Suche nach russischen Einwanderern mit dem Namen Iwan Iwanowitsch aufgaben und daß sie mit grüner Fluoreszenzfarbe groß »Iwan Iwanowitsch, America loves you« auf den Salzsee von Bonneville schrieben, und die Chinesen mit roter Fluoreszenzfarbe auf ein steppenähnliches Gebiet im Norden, nahe der russischen Grenze »Iwan Iwanowitsch, Du willst den Frieden, Wir wollen den Frieden. Iwan Iwanowitsch, Du liebst den Frieden, Wir lieben den Frieden. Iwan Iwanowitsch, Du kämpfst für den Frieden, Wir auch«.

Und dann warteten alle gespannt auf das Ende der zwanzig Stunden.

XV. Kapitel.

*Dieses Kapitel kommentiert
die kommenden Ereignisse,
wie das vorangegangene
vierzehnte Kapitel,
aus der Sicht der Erde und ist in der
Hauptsache
die Schilderung eines
Fernsehprogrammes.*

Der Computer weckte Iwan Iwanowitsch eine Stunde vor Ablauf der Zwanzigstundenfrist.
In den vergangenen neunzehn Stunden hatten sich unten auf der Erde Millionen von Menschen auf Fahrrädern, in überfüllten Autobussen, auf Lastwagen, Kamelen, Dromedaren, Eseln, Pferden, Maultieren, Elefanten oder zu Fuß auf den Weg gemacht, um sich irgendwo einen Platz vor einem Fernsehgerät zu erobern. Viele begaben sich zu ihren Nachbarn, weil sie Iwan Iwanowitsch in Farbe sehen wollten und daheim nur einen Schwarz-Weiß-Empfänger hatten oder weil sie sich in Gesellschaft anderer sicherer fühlten, viele wußten nichts von Iwan Iwanowitsch, da sie weder einen Fernseh- noch einen Radioapparat hatten und auch niemand in ihrer Umgebung einen solchen besaß, und für diejenigen, die die kommenden Ereignisse nicht am Fernsehen verfolgen konnten, reportierte der Computer über das Radio.
Dann, endlich, nach Ablauf der zwanzig Stunden und auf die Sekunde genau, ertönte ein dumpfer Gong, und Iwan Iwanowitsch erschien, angezogen mit einem orange und gelb quergestreiften Raumanzug und im schwarzen Kommandosessel sitzend, auf den Bildschirmen.
»Meine Damen und Herren!«
Da die Übertragungssatelliten laufend in die Sprache des Landes oder Landesteiles, dem sie zugeteilt worden waren, übersetzten, stimmten die Lippenbewegungen des Iwan Iwanowitsch nur im russisch

sprechenden Rußland mit dem Ton überein, der gleichzeitig dazu zu hören war.

»Ich sitze hier in einem Raumschiff. Das Raumschiff hat mir der Chef des Dritten Planeten im Abraxasnebel gegeben, vermutlich soll ich damit die Welt beherrschen und ein wenig Ordnung bringen. So weit ist der Ruf Ihrer Dummheit nämlich bereits gedrungen, ja, sie soll im ganzen Weltall geradezu sprichwörtlich sein!! – Kaum hatte ich mich der Erde genähert, wurde ich auch schon von Ihnen beschossen! Für den Anfang verlange ich deshalb die sofortige Auflösung aller Armeen. Dazu gehört, daß jedes Land sämtliches Armeematerial an einem bis zu drei Punkten in seinem Territorium zusammenträgt, und zwar innerhalb von sieben mal vierundzwanzig Stunden! – Um zu beweisen, daß ich nicht einfach aus dem hohlen Bauch rede und meine Forderungen auch durchsetzen kann, werde ich Ihnen einen weiteren Beweis meiner Macht liefern, und damit kommen wir zum unterhaltenden Teil dieser Sendung!! – Ich schwebe seit einigen Minuten über dem momentan im Mittelmeer stationierten US-Flugzeugträger ›Entenhausen‹ und werde bereits von seinen Flugzeugen und Begleitbooten aus beschossen.«

Der Flugzeugträger erschien auf den Bildschirmen. Die Fernsehkamera, die das Bild aufnahm, befand sich direkt über dem Schiff. Es machte aus dieser Sicht einen etwas plumpen Eindruck, da das rechteckige Oberdeck den Schiffsrumpf auf allen Seiten überlappte, so daß dessen elegante Form von oben nicht mehr erkennbar war.

Rechts, in Fahrtrichtung gesehen, seitlich hinten und ein wenig wie nachträglich angebaut, befand sich der mit Antennendrähten verhängte Kommandoturm, auf dem sich auch zwei Radarantennen drehten.
Die Startbahn zog sich, unten rechts beginnend, schräg quer über das Deck. Pausenlos wurden Flugzeuge gestartet, einige standen auf dem Deck herum und hatten auf platzsparende Art und Weise ihre Flügelspitzen nach oben geklappt, und der Lift brachte immer noch neue Apparate nach oben.
»Jetzt«, sagte Iwan Iwanowitsch, »werde ich von drei an rückwärts bis ›Null!‹ zählen, und bei ›Null!‹ verwandle ich die ›Entenhausen‹ in Glas. Achtung! Es geht los! Drei! Zwei! Eins! – Null!!«
Zuerst war dem Flugzeugträger nichts anzusehen. Dann tauchte er plötzlich aus dem Wasser. Aus dem Rumpf des Schiffes schien mit ungeheurer Gewalt Wasser zu strömen, was eine Art Wassersäule unter ihm erzeugte, auf der es etwa dreißig Meter über die Wasseroberfläche gehoben wurde. Gleichzeitig begann es, sich von oben nach unten glasklar zu verfärben, und fiel, als dieser Prozeß abgeschlossen und die Wassersäule in sich zusammengesunken war, nach unten, tauchte spritzend ins Wasser und schwappte noch einige Zeit unruhig auf und ab.
»Es ist«, sagte Iwan Iwanowitsch, »reiner Zufall, daß ein amerikanisches Schiff bei unserer Demonstration den Anfang machte. Es hätte ebensogut das einer anderen Nation sein können.«
Das Raumschiff näherte sich dem Flugzeugträger bis auf wenige Meter und begann, ihn langsam zu umkreisen.

Zweitausend Menschen befanden sich in einer total verglasten Umwelt. Sie saßen vor gläsernen Computern, Schreibmaschinen und Kommandopulten, saßen auf gläsernen Stühlen an gläsernen Tischen, schauten durch durchsichtige Bordwände oder warteten in gläsernen Flugzeugen auf der Startbahn.
Eines der Flugzeuge, die sich während der Verwandlung der ›Entenhausen‹ in der Luft befunden hatten, überflog das Schiff im Tiefflug und machte sich dann mit den anderen Maschinen in Richtung Festland davon.
»Als zweites werden wir uns ein Schiff vornehmen, das sich zu Beginn dieser Sendung nur in etwa eineinhalb Kilometern Entfernung von der ›Entenhausen‹ befunden hat. Inzwischen sind es acht Kilometer. Es handelt sich dabei um die ›Aparatschik‹, ein russisches Helikopterträgerchen.«
Die ›Aparatschik‹ war kleiner als die ›Entenhausen‹, hatte aber, von oben gesehen, eine ähnlich plumpe Form.
Die schwarz bemalten Helikopter standen in Reih und Glied auf dem Vorderdeck. Drei ihrer insgesamt fünf Rotorblätter waren hinten über dem Schwanz zusammengefaltet, die anderen zwei seitlich links und rechts an den Schwanz angelegt. Man hatte bereits einige Maschinen auf den Startplatz gezogen, zum Teil war man daran, ihre Rotorblätter auseinanderzufalten. Andere standen mit anfangs langsam, dann immer schneller kreisenden Rotorblättern ein wenig abseits, stiegen steil in die Höhe und tauchten mit einer kleinen Drehbewegung nach links oder rechts weg.

Die aufgestiegenen Helikopter beschossen das Raumschiff des Iwan Iwanowitsch mit Raketen.
»Achtung, es geht los!« rief Iwan Iwanowitsch laut, aber nicht gar so begeistert wie bei der ›Entenhausen‹. »Drei. Zwei. Eins. Null.«
Die ›Aparatschik‹ wurde wie die ›Entenhausen‹ in Glas verwandelt. Das gleiche Schicksal erlitt die ›By Appointment of Her Majesty the Queen‹, ein englisches Schlachtschiff, die ›Hurra‹, ein deutscher Zerstörer, und zuletzt die ›Fraternité, Egalité et Supériorité‹, ein französischer Kreuzer.
»Und damit kommen wir nun zum absoluten Höhepunkt dieser Sendung!« rief Iwan Iwanowitsch. »Ich habe mich vor einer knappen Stunde mit der französischen Regierung in Verbindung gesetzt und verlangt, daß sie den Eiffelturm von Paris räumt!«
Auf den Bildschirmen sah man, wie das Raumschiff, nachdem es zuletzt den vor der französischen Küste liegenden französischen Kreuzer ›Fraternité, Egalité et Supériorité‹ in Glas verwandelt hatte, die französische Küste und dann das französische Festland überflog.
»Daß ich den Eiffelturm als weiteres Demonstrationsobjekt gewählt, wo ich doch schon ein französisches Schiff in Glas verwandelt habe, ist kein spezieller Vorwurf gegen Frankreich. Der Eiffelturm wurde von mir als weiteres Demonstrationsobjekt gewählt, weil ihn alle kennen und es um ihn nicht schade ist!« (Dies ist die ganz persönliche Ansicht des Iwan Iwanowitsch!) Auf den Fernsehschirmen erschien, das ganze Bild ausfüllend, der Eiffelturm.

»Ich werde«, schrie Iwan Iwanowitsch begeistert, »von vier an rückwärts bis auf Null zählen! Und bei ›Null!‹ werde ich den Turm in Gummi verwandeln! Achtung! Vier! Drei! Zwei! Eins!! – Null!!«

Diejenigen, die vor einem Farbfernseher saßen, bemerkten eine Farbänderung des Eiffelturmes von rostbraun zu rot, und die, die vor einem Schwarz-Weiß-Fernseher saßen, bemerkten eine Farbänderung von dunkelgrau zu grau. Dann durchlief ihn ein schwaches Zittern. Er begann sich, obwohl er sich in langen Gegenbewegungen dagegen zu sträuben versuchte, zuerst leicht, dann immer stärker auf eine Seite zu neigen, und als die Bodenverankerungen, die ihn bis jetzt zu halten vermocht hatten, brachen, kippte er der Länge nach auf den Boden und wobbelte noch einige Zeit wie ein Pudding nach.

»Meine Damen und Herren!« sagte Iwan Iwanowitsch. »Was passiert, wenn Sie nicht tun, was ich Ihnen befohlen habe, können Sie sich ja jetzt vorstellen! Sie sehen mich wieder heute in acht Tagen um die gleiche Zeit. Auf Wiedersehen!«

Nach dieser anstrengenden Fernsehsendung, die, die einstündige Vorbereitung mit eingerechnet, sechs Stunden gedauert hatte, aß Iwan Iwanowitsch erst einmal drei riesengroße Steaks mit Nudeln, ließ sich den Kommandoraum eindunkeln, zog sich aus und legte sich ins Bett. Das Raumschiff schwebte ruhig über Paris. Einmal riß der Computer Iwan Iwanowitsch mit der Frage aus dem Schlaf, was er tun solle, etwas nähere sich dem Raumschiff.

»Laß mich in Ruhe! Ich schlafe!« brüllte Iwan Iwanowitsch. »Mach doch, was du willst!«

Das XVI. Kapitel

berichtet von einem Ereignis, das eigentlich fünf Ereignisse waren und doch eigentlich und korrekterweise nur als ein Ereignis bezeichnet werden kann.

Als die Nacht über Paris hereinbrach, stellte der Computer die Verdunkelung des Kommandoraumes ein, da sie überflüssig geworden war, und als der Morgen über Paris graute, wurde es auch im Raumschiff hell.

Es war ein schöner Sommermorgen, gegen halb acht, die Zeit, in der man ungern einen von der Sonne beschienenen Platz verläßt und in den Schlagschatten der Häuser tritt, weil dort noch die Kühle der Nacht herrscht.

Fast ganz Paris hatte sich beim umgekippten Eiffelturm und dem darüber schwebenden Raumschiff versammelt. Viele waren die ganze Nacht hindurch gefahren, um das in Gummi verwandelte Nationalheiligtum ›in Wirklichkeit zu sehen‹, was ihnen wegen der großen Zahl der hier bereits Versammelten meist nicht vergönnt war; allein das Bewußtsein, daß sie nur acht- oder neunhundert Meter von ihm entfernt waren, reichte den meisten. Viele standen schon die ganze Nacht hier und hatten atemberaubende Vorgänge am Raumschiff bemerkt, auf die wir gleich zu sprechen kommen werden.

Iwan Iwanowitsch wurde unruhig, da die Sonne auf seine Bettdecke schien und es ihm darunter zu warm wurde. Er hatte die Gewohnheit, abends rechts, in

Richtung Fußende gesehen, ins Bett zu gehen, um dann im Laufe der Nacht auf die andere, linke Bettseite zu wandern. Und wenn er am anderen Morgen erwachte, aufsitzen wollte, und nachdem er sich von der Bauch- oder Seiten- in die Rückenlage gedreht hatte, stützte er sich, um seine Aufsitzbewegung zu unterstützen, mit der Hand auf der Matratze auf, und zwar mit der rechten, denn mit der linken lief er, da er morgens links im Bett lag, Gefahr, ins Leere zu greifen. (Lesen Sie den Satz ruhig ein zweites Mal!)

Wie Iwan Iwanowitsch heute morgen erwachte und aufsitzen wollte, berührte er etwas, das beim Einschlafen noch nicht im Bett gelegen hatte. Langsam drehte er den Kopf nach rechts. Neben ihm schlief die zweite Frau des Aoa und ganz rechts im Bett Oao, der Sohn des Aoa. Dazwischen, zwischen der zweiten Frau des Aoa und Oao, lagen drei Kinder, die auch schliefen, ein wenig kleiner als Oao waren, nicht weiße, sondern schwarze Haare hatten, keine grüne, sondern eine rosafarbene Hautfarbe, aber rotbenast waren wie alle Bewohner des Dritten Planeten im Abraxasnebel.

Iwan Iwanowitsch zwinkerte mit den Augen und berührte die zweite Frau des Aoa. Sie war echt! Da Iwan Iwanowitsch sie nicht wecken wollte, legte er sich behutsam zurück, und nachdem er im ersten Augenblick ruhig geblieben war, überfiel ihn jetzt der Schrecken über das Vorgefallene. Er war tagelang allein gewesen, um plötzlich eines Morgens und völlig unvorbereitet mit fünf anderen Personen im Bett zu erwachen. Er lag unruhig da und schlief nach

einer unbestimmten Zeit wieder ein, was er sich später nie erklären konnte.
Nach einigen Stunden erwachte Iwan Iwanowitsch erneut, diesmal aber, weil die zweite Frau des Aoa mit ihren Fingern verliebt in seinen Brusthaaren krabbelte.
»Hallo«, sagte die zweite Frau des Aoa (auf russisch mit amerikanischem Akzent), lächelte und schaute ihm tief und ernst in die Augen.
»Bist du nicht die zweite Frau des Aoa?« fragte Iwan Iwanowitsch.
»Nein!«
»Nein?!«
»Nein!«
»Du bist nicht die zweite Frau des Aoa?!«
»Nein!«
»Wer bist du?«
»Ich bin – die erste Frau – des – Iwan Iwanowitsch!«
»Meine Frau?!«
»Der Aoa hat mich freigegeben!«
»Der Aoa hat dich freigegeben.«
»Freust du dich nicht?«
»Doch, doch.«
»Hast du nicht gesehen, wer auch noch hier ist?«
»Oao!«
»Ich meine nicht Oao.«
»Ach so, ja, diese, diese drei Kinder da.«
»Das sind unsere Kinder!!«
»Unsere Kinder??!«
»Ja!«
»Unsere Kinder?!!«

»Ja!«
»Unsere Kinder?!!«
»Ja!«
»Unsere Kin . . .!!!«
»Bist du schwer von Begriff? Erinnerst du dich nicht?«
»Doch, doch!«
»Eben!«
»Das sind aber höchstens vier Tage seither!«
»Jaaah, vier Erdentage! Bei uns läuft die Zeit eben viel, viel schneller! Das ist, wie wir vermuten, auch der Grund dafür, daß wir schon in der sechzehnten Generation sind, aber noch niemand von uns gestorben ist. Ich meine, richtig erklären kann ich es dir auch nicht, ich habe es wirklich nie genau kapiert. Auf alle Fälle siehst du ja, daß sie wie du schwarze Haare haben!«
»Werden die auch nicht grün?«
»Nein, wir haben sie überhaupt nicht auf Assimilation umgerüstet. – Ich und Oao werden bald auch nicht mehr grün sein, weil wir jetzt nicht mehr unter die Höhensonne gehen!«
»Und die roten Nasen?«
»Die bleiben.«
»Macht ja nichts.«
»Der Aoa hat gemeint, daß es schön wäre, wenn unsere Kinder noch einen Spielgefährten hätten, und hat uns Oao mitgegeben.«
Jetzt erwachten auch die Kinder. Sie rieben sich den Schlaf aus den Augen, hüpften auf dem Bett herum, umhalsten Iwan Iwanowitsch und nannten ihn Papa, was Iwan Iwanowitsch zu seiner eigenen Über-

raschung mit großem Stolz erfüllte. Er umarmte seine Frau, küßte sie, sagte ihr, daß er sie künftig nur noch Krokodilchen nennen werde, lobte den Computer, daß er das Krokodil und die Kinder hereingelassen hatte, und bat ihn, das Raumschiff, mit dem sie hergekommen waren, in Luft aufzulösen, was dieser aber bereits von sich aus angeordnet hatte. Dann bat Iwan Iwanowitsch den Computer, in Zukunft auch Befehle von seiner Frau entgegenzunehmen, was sich als unmöglich herausstellte, da der Computer, wie er sagte, ausschließlich auf die Stimme des Iwan Iwanowitsch programmiert war.

»Ich liebe dich, mein Krokodilchen«, sagte Iwan Iwanowitsch.

»Warum hast du nicht ein einziges Mal versucht, mit mir Kontakt aufzunehmen?« fragte das Krokodil.

»Oh!« antwortete Iwan Iwanowitsch. »Du weißt gar nicht, wie sehr ich unter der Trennung gelitten habe! Die Vorstellung, daß wir uns wahrscheinlich nie mehr treffen würden, machte mich sozusagen zum unglücklichsten Menschen der Welt! Und weil ich mich so schrecklich nach ihm sehnte, habe ich versucht, mein kleines, liebes Krokodilchen zu vergessen.«

»Ist das wahr?« fragte das Krokodil gerührt.

»Ja«, flüsterte Iwan Iwanowitsch, »das ist wirklich wahr.«

Was es natürlich nicht war. Aber der Gedanke, daß sie jemanden durch ihre Abwesenheit unglücklich machen konnte, machte das Krokodil überglücklich, und das ist schließlich die Hauptsache.

Die beiden umarmten einander und schauten liebe-

voll zu ihren Kindern hinüber, die übrigens alle drei — ich glaube, ich vergaß, dies zu erwähnen — weiblichen Geschlechtes waren und jetzt durch ein Bodenfenster auf den umgekippten Eiffelturm hinunterschauten.
»Es ist erstaunlich«, sagte Iwan Iwanowitsch, »daß sie schon gehen und sprechen können!«
»O ja!« sagte das Krokodil stolz.
»Wir haben ihnen noch keinen Namen gegeben«, sagte Iwan Iwanowitsch.
»Das ist wahr!« sagte das Krokodil. »Wie wollen wir sie denn nennen? Frisch, Fromm, Fröhlich, Frei?«
»Frisch, Fromm, Fröhlich, Frei. Aber das sind ja nicht drei Namen, das sind vier! Frisch — Fromm — Fröhlich — Frei. Das sind vier Namen und wir haben doch nur drei Kinder!«
»Kann ja noch werden!!« sagte das Krokodil.
»Kann ja noch werden!!« rief Iwan Iwanowitsch und kniff das Krokodil in die linke Hinterbacke.
»Oh!« quietschte das Krokodil und errötete. (Übrigens eine erstaunliche Leistung, wenn man bedenkt, daß sie sonst noch grün war!)
Iwan Iwanowitsch kniff sie erneut, diesmal aber in die rechte Hinterbacke.
»Ach du!« schrie das Krokodil und begann, Iwan Iwanowitsch an den Hüften zu kitzeln. Iwan Iwanowitsch lachte und kam kaum noch zu Luft. Schließlich konnte er sich aber befreien — eigentlich nur, weil es das Krokodil so wollte — und begann nun seinerseits, das Krokodil zu kitzeln, und so weiter und so weiter . . .
Am späteren Nachmittag saßen alle beim Essen. Oao

und die kleinen Mädchen hatten eine lange Expedition durch das Raumschiff gemacht und brachten einen beängstigenden Appetit zurück, und auch Iwan Iwanowitsch und das Krokodil hatten einen ordentlichen Hunger.
Die Kinder aßen ungeheuer unästhetisch und erzählten laut und durcheinander, was sie erlebt und gesehen hatten.
»Unsere Kinder haben immer noch keinen Namen!« bemerkte Iwan Iwanowitsch.
»Ja, das stimmt«, sagte das Krokodil.
»Nennen wir sie doch einfach Alpha, Beta und Omega!«
»Omega ist hübsch, Alpha auch, aber Beta gefällt mir gar nicht.«
»Dann nennen wir sie eben Alpha, Delta und Omega!«
Iwan Iwanowitsch erklärte den kleinen Mädchen, daß sie von heute an Alpha, Delta und Omega heißen würden, so wie sie gerade am Tisch saßen, der Reihe nach, von links nach rechts. Es war ja auch egal, sie waren sowieso nicht voneinander zu unterscheiden, glichen einander wie ein Ei dem anderen.
»Hast du eigentlich die Sprache des Dritten Planeten im Abraxasnebel schon gelernt?« fragte das Krokodil nach dem Essen.
»Nein, habe ich nicht.«
»Nein? So lern sie doch schnell.«
»Was heißt schnell? Doch nicht jetzt!«
»Warum nicht?«
»Morgen, morgen.«
»Warum nicht heute! Du hast doch Zeit!«

»Heute habe ich keine Lust, mein Krokodilchen.«
»Du sollst deinen Willen haben. – Du machst mich aber sehr, sehr unglücklich!«
»Ach, Blödsinn! Wieso unglücklich?!«
»Ja, wenn du mich so behandelst!«
»Hab ich dich etwa schlecht behandelt?!«
»Ja, das hast du!«
»Ich hab dich schlecht behandelt?!!«
»Du brauchst mich nicht anzubrüllen!!«
»Was hab ich dir getan?!«
»Das weißt du sehr genau!«
»Nein, das weiß ich eben nicht!«
»Natürlich weißt du's!«
»–«
»–«
»–«
»–«
»Bitte – dann lern ich eben diese verd ... Sprache.«
»Du mußt nicht, wenn du nicht willst!«
»Was heißt ›du mußt nicht‹?! Natürlich ›muß‹ ich nicht!! Ich ›will‹ diese verdammte Scheißsprache lernen!!«
Der Computer ließ Iwan Iwanowitsch eine Art Sturzhelm mit einem darauf befestigten, pralinéschachtelgroßen Kasten im COMPOSER anfertigen.
»Tut das auch nicht weh?« fragte Iwan Iwanowitsch.
»Aber nein!« rief das Krokodil. »Mir und den Kindern hat es auch nicht weh getan.«
Iwan Iwanowitsch setzte den Helm auf den Kopf, er spürte ein leichtes Kribbeln, und als er ihn wieder abnahm, hatte er die Sprache des Dritten Planeten im

Abraxasnebel gelernt und ließ sich sogleich eine Bild-Ton-Verbindung mit dem Aoa herstellen, worauf sich folgendes Gespräch ergab:

(Die Übersetzung des Originaltextes finden Sie in den Klammern!)

Iwan Iwanowitsch: »Lasi, lasi!« (Grüß dich, grüß dich!)

Der Aoa: »Lasi, lasi, lasi!« (Grüß dich, grüß dich, grüß dich!)

Iwan Iwanowitsch: »Hau en elvat?« (Wie geht es dir?)

Der Aoa: »On elvat mavos! Hau en elvat?« (Prima! Wie geht es dir?)

Iwan Iwanowitsch: »Mavos! Otanc en mielvals!« (Prima! Ich danke dir tausendmal!)

Der Aoa: »Vatel estanc on mielvals?« (Für was dankst du mir tausendmal?)

Iwan Iwanowitsch: »Otanc vvamm xe en.« (Ich danke dir für deine Frau.) »Otancte Oao xe en.« (Und ich danke dir für Oao.)

Der Aoa: »Nil xe tanc, esce amicum xe on!« (Nichts zu danken, du bist mein Freund!)

Das Krokodil: »Lasi Aoa!« (Grüß dich, Aoa!)

Der Aoa: »Lasi!!« (Grüß dich!!)

Das Krokodil: »On etamar, te on etciamar, et Krokodil!« (Er liebt mich, und er nennt mich sein Krokodil!)

Die Kinder: »Lasi Aoa! Elce cvapum cvi, Iwan Iwanowitschte etce lopvapel!« (Grüß dich, Aoa! Es ist schön hier, und Iwan Iwanowitsch ist ein lieber Kerl!)

Meine Damen und Herren! Wie Sie sich erinnern werden, räumte Iwan Iwanowitsch allen Ländern eine Siebenmalvierundzwanzigstundenfrist ein, in der sie sämtliches Armeematerial an einem bis zu drei Punkten in ihrem Territorium zusammenzutragen hatten. Was sich während dieser sieben Tage alles im Raumschiff ereignete, schildere ich Ihnen jetzt in Kurzform!

1. Tag: Ankunft der einstigen zweiten Frau des Aoa, der jetzigen ersten und einzigen Frau des Iwan Iwanowitsch, begleitet von Oao, dem Sohn des Aoa, und drei kleinen Mädchen.

Iwan Iwanowitsch erlernt die Sprache des Dritten Planeten im Abraxasnebel; Bild-Ton-Verbindung mit dem Aoa.

2. Tag: Iwan Iwanowitsch und das Krokodil richten den Kindern mit Hilfe des COMPOSERS, der ihnen Möbel und einen Spielzeugcomputer produziert, ein Spielzimmer ein.

3. Tag: Die Kinder sehen ein Pferd, das irgendwo auf einer Weide grast. Iwan Iwanowitsch läßt ihnen im COMPOSER ein Schaukelpferd anfertigen.

Die Kinder machen den Spielzeugcomputer kaputt, weil sie nur noch mit dem Schaukelpferd spielen wollen.

4. Tag: Das Krokodil will das Haus sehen, in dem Iwan Iwanowitsch geboren wurde. Das alte Haus ist abgebrochen. Dafür steht jetzt ein Bungalow dort, und vor dem Haus ist ein weißer Rolls-Royce parkiert. Zwischen der Haustüre und dem Rolls liegt ein roter Teppich, auf den mit Goldfarbe ›Ein Geschenk des russischen Volkes an seinen Sohn Iwan

Iwanowitsch, auf den es sehr stolz ist‹ gepinselt wurde.
Anschließende Besichtigung der Viktoria-Fälle und Rio de Janeiros. Überall, wo sich das Raumschiff zeigt, laufen die Leute in Scharen zusammen.
Abendessen über dem Ätna.
5. Tag: Das Raumschiff nimmt zur Energieversorgung im Atlantik Wasser auf.
Auf Wunsch der Kinder verwandelt Iwan Iwanowitsch das UNO-Gebäude in New York in türkischen Honig.
Besichtigung des Yellowstone-Parkes. Die Kinder fragen nach Yogi-Bär und Bubu.
Nachtessen und Schlafen über der Osterinsel.
6. Tag: Die Kinder wünschen die Affen von Gibraltar zu sehen. Oao und das Krokodil sind fast nicht mehr grün.
Es schlafen alle auf einhelligen Wunsch noch immer im gleichen Bett.
7. Tag: Iwan Iwanowitsch ...
Das und vieles mehr erfahren Sie im nächsten Kapitel! Im siebzehnten! Auf Seite hundertundfünfundfünfzig!

XVII. Kapitel.
Vom siebten Tag, mit dessen Ende die Siebenmalvierundzwanzigstundenfrist ablief.

Iwan Iwanowitsch machte sich daran, das zusammengetragene Armeematerial in den verschiedenen Ländern zu besichtigen, und das Krokodil, Oao, Alpha, Delta und Omega verzogen sich für den ganzen Tag ins Spielzimmer, um Iwan Iwanowitsch nicht zu stören.

Das zusammengetragene Armeematerial war kläglich. Ein Dummkopf wäre darauf gekommen, daß dies nicht alles sein konnte.

Die Amerikaner hatten versucht, ihren Haufen durch dreihunderttausend verrostete Fahrradklingeln aufzuwerten. Die Franzosen kränzten ihren Haufen mit erstklassigem Material, das von irgendwelchen Scheichtümern bestellt und auch schon angezahlt worden war, denen dann aber später, noch innerhalb der festgesetzten Lieferfristen – man kann ja nicht alles auf Lager haben –, aus irgendwelchen Gründen die Luft ausgegangen war. Die Deutschen türmten hundertzwanzig Flugzeuge aufeinander, von denen aber jedes schon mindestens einmal abgestürzt war. Die Schweizer trumpften mit vierhundertundfünfzigtausend Handbüchern zur zivilen Verteidigung auf, die Engländer mit dreißigtausend Tropenhelmen und Khakihosen, die sie ja, so wie die Dinge nun mal standen, sowieso nicht mehr brauchen konnten. Die Russen schleppten alte Panzer, zum Teil Beutestücke aus dem Zweiten Weltkrieg, auf ihren Haufen und gaben sich auch sonst nicht viel Mühe beim Sammeln von Armeematerial, dafür um so mehr beim Willkommensspruch ›Du bist uns teuer, Iwan Iwanowitsch‹, den sie in zehn Meter hohen Lettern mit gelber Farbe auf den Boden gemalt hatten, obwohl sie unterdessen eigentlich hätten darauf kommen können, daß mit diesen lächerlichen Sprüchen nichts zu erreichen war.

Es war überall das gleiche. Ausgediente Panzer, ausgeleierte Geschütze, altersschwache Militärcamions, überalterte Flugzeuge, museumsreife Uniformen, Kavalleriesättel, rostzerfressene Feldküchen, leere Patronenhülsen und anderer Ramsch.

Kein Land war ehrlicher als das andere. Sie hatten sich alle darauf beschränkt, das Zeug wegzuschmeißen, das sie, hätten ihre Verwaltungen auch nur einigermaßen funktioniert, schon lange hätten wegschmeißen sollen.

»Diese Menschen!« seufzte der Computer.

Iwan Iwanowitsch setzte sich auf den Bettrand und schaute durch eine der Bodenscheiben. Das Raumschiff flitzte über die Erde und hielt ab und zu für einige Sekunden über einem der Armeematerialhäufchen.

Iwan Iwanowitsch preßte die Lippen aufeinander und stützte den Kopf in die Hände. Schwermut überfiel ihn. Auf sein Verlangen spielte der Computer russische Volksmusik.

Iwan Iwanowitsch fühlte sich einsam und auf verlorenem Posten. Die da unten dachten nicht im Traum daran, das zu tun, was er ihnen befohlen hatte, und versuchten, ihn mit frommen Willkommenssprüchen für sich zu gewinnen und ihn mit ausgedientem Material zu begaunern. – Vielleicht waren sie all die Mühe auch nicht wert! Was sollte er, Iwan Iwanowitsch, schon ausrichten? Einer gegen alle! Zugegeben, er war ihnen technisch haushoch überlegen, aber er wußte ja nicht einmal, was die Technik, die ihm zur Verfügung stand, leisten konnte und was nicht. Er hatte den Computer einfach immer gefragt, ob dies oder jenes gehe, und bis jetzt war es einfach immer gegangen.

(Ich habe Sie, meine Damen und Herren, in einem der letzten Kapitel einen Blick in den Konferenzraum des russischen Staatsoberhauptes werfen lassen. Ich möchte es nun, der Ausgeglichenheit halber, nicht unterlassen, Ihnen auch noch den Konferenzraum des amerikanischen Präsidenten vorzuführen.
Schauen wir also, was sich dort jetzt eben tut. Da das folgende Gespräch praktisch unübersetzbar ist, wurde es in der Originalsprache belassen. Ich hoffe, Sie werden ihm trotzdem folgen können, und wenn nicht, ist es kein großer Schaden.)
Ort der Handlung:
Ein großer Raum, das Konferenzzimmer des Präsidenten der Vereinigten Staaten von Amerika.
An den Wänden strecken sich weiße Halbreliefgipssäulen mit ionischen und dorischen Kapitellen vom Boden bis zur Decke; abwechslungsweise zwei Säulen mit dorischen und zwei Säulen mit ionischen Kapitellen. (Mit Kapitell bezeichnet man übrigens den oberen Abschluß einer Säule. Das ionische Kapitell unterscheidet sich vom dorischen darin, daß es überladener ist.) Dazwischen hängen einige verflossene Präsidenten in Öl. In der einen Wand befinden sich fast raumhohe, schmale Fenster, die auf einen

gepflegten Park hinausgehen und mit schweren rosa Vorhängen geschmückt sind.
Der Präsident sitzt mit dem Rücken zur Fensterfront an einem großen, polierten Schreibtisch aus einem schweren, dunklen, fast schwarzen Holz. Auf dem Schreibtisch stehen dreiundzwanzig glasgerahmte Fotografien, die teils den Präsidenten, teils den auf der anderen Seite des Schreibtisches sitzenden oder stehenden Journalisten oder Fotografen anschauen. Die Fotografien zeigen alle den Präsidenten mit seiner Familie, wobei er sich immer entweder mit seinem jüngsten Sohn abgibt oder einen dicken Dackel streichelt. Selbstverständlich alles in Farbe und leicht retuschiert, denn er, der Präsident, ist, wie ach so mancher Präsident, nicht eben eine Schönheit, vielleicht steckt sogar etwas Kompensation dahinter. (Macht macht schön!)
Auf dem Schreibtisch stehen ferner: eine auf Hochglanz polierte Messinglampe mit einem Lampenschirm, der mit Anti-Staub behandelt ist, sechs Telefone, zwei weiße für die Verbindung mit der Nato, zwei rote für die Verbindung mit Moskau, zwei ganz rote für die Verbindung mit Peking, und das bronzene Modell einer ›47er Cash and Carry Webster Twin Ping‹-Artilleriekanone. Zieht man hinten an der Abzugsschnur, so erscheint ein kleines Gasflämmchen an der Geschützmündung, mit dem man die überlangen Zigarren aus der büffelledernen Schachtel, die ebenfalls auf dem Schreibtisch herumsteht, anzünden kann.
Auf dem Boden liegt ein großer Orientteppich, der wahrscheinlich echt ist.

In einem Mahagonigestell neben dem Schreibtisch steht eine seidene Fahne der Vereinigten Staaten und auf dem breiten Kaminsims eine weiße Marmorvenus und eine rote chinesische Vase.
Die sich im Raum aufhaltenden Personen sitzen auf Ledersesseln, deren Sitzteil sich durch einfache Verlagerung des Körpergewichtes oder durch leichten Druck der auf dem Fußboden abgestützten Füße in jede gewünschte Position bringen läßt.
Die Personen der Handlung:
Der Präsident, ein Fünfsterngeneral, der Finanz- und Public-Relations-Berater des Präsidenten, ein Vertreter des FBI und einer der CIA, ein Vertreter der Industrie und eine vereidigte Vertreterin der Women's Liberation.
Die Anwesenden machen einen nervösen Eindruck und rauchen ununterbrochen, obwohl es die Frau des Präsidenten gar nicht schätzt, weil die Vorhänge nachher stinken.
Beginn der Handlung:
Der Präsident: »Oh boy, oh boy, oh boy, oh boy.«
Die vereidigte Vertreterin der Women's Liberation: »Yeah.«
Der Finanz- und Public-Relations-Berater des Präsidenten: »This Iwan Iwanowitsch. This damned Iwan Iwanowitsch.«
Der Präsident (zustimmend): »A — A — A — A — Ahh.«
Der Vertreter der Industrie: »Huh.«
Der Vertreter der CIA: (Er hat das Maul geöffnet, hat dann aber entweder vergessen, was er sagen wollte, oder er hat es sich anders überlegt.)

Die Vertreterin der Women's Liberation (Sie streicht einmal von links nach rechts mit der rechten, flachen Hand in der Horizontalen an ihrer Kehle vorbei): »Chchchchchchchchchchchchchwwt!«

Der Vertreter der CIA: »Iwan Iwanowitsch?«

Die Vertreterin der Women's Liberation: »Yeah!«

Der Vertreter der Industrie: »Huh!«

Der Vertreter der CIA: »But how?«

Der Vertreter des FBI (traurig): »But how?«

Der Präsident: »But how?«

Die Vertreterin der Women's Liberation: »Zack! Zoing! Crack!«

*Der Fünfsterngeneral (*freudig erregt und wie aus einem Traum erwachend): »Crash!! Splash!! Splish!! Splush!! Zwingle!! Pingle!! Crack!! Sprush!! Cruncle!! Crancle!! Ping!! Pang!! Pung!! Zack!! Poing!! Zoing!!«

Der Präsident (traurig): »But how?«

Alle heben die Schultern und lassen sie langsam wieder fallen.

Der Präsident (hysterisch): »Zack. Zoing. Crash. Pang? Hee, hee, hee, hee.«

Nun wollen wir auch noch einen Blick nach Peking werfen, in den Konferenzraum des Großen Vorsitzenden, den ich Ihnen aber nicht so genau wie den russischen oder amerikanischen Konferenzraum schildern werde aus dem einfachen Grund, weil er sich vom erst-, vor allem aber vom zweitgenannten nur unwesentlich unterscheidet.

Zu erwähnen wäre lediglich, daß die chinesische

Konferenz im Speisesaal des ehemaligen Palace-Hotels stattfindet, daß es dort auch sechs Telefone gibt, zwei weiße für die Nato-Verbindung, zwei schwarze für die Amerikaverbindung und zwei rosafarbene für die Verbindung mit Moskau. Auf dem Kaminsims stehen die zwei Marmorvenusse, -veni oder -venen, so genau weiß ich das nicht. Die amerikanische Venus enthält das amerikanische, die russische das russische Abhörmikrophon.
Die Öffnung für den Speiselift wurde mit einem großen, lächelnden Porträt des Vorsitzenden vernagelt, so daß man dem Raum den ehemaligen Hotel-Speisesaal nicht mehr ansieht.
Es befinden sich eine Menge Männer und Frauen im Saal, die alle eifrig und konzentriert in einem kleinen roten Büchlein lesen, das eine Art Handbuch zu sein scheint, aber offensichtlich, wie das Handbücher in konkreten Situationen eben an sich haben, nichts enthält, das zur Lösung der momentan sich stellenden Probleme beitragen könnte.

Iwan Iwanowitsch saß noch immer auf dem Bettrand und schaute niedergeschlagen auf die Erde und die mageren Armeematerialhäufchen hinunter.
»Darf ich Sie etwas fragen?« sagte der Computer.
»Natürlich«, antwortete Iwan Iwanowitsch.
»Wissen Sie nicht mehr, was Sie machen sollen?« fragte der Computer.
»Ja«, seufzte Iwan Iwanowitsch.
»Darf ich Ihnen dann einen Vorschlag machen?« fragte der Computer.

»Ja natürlich«, antwortete Iwan Iwanowitsch.

»Meiner Meinung nach«, begann der Computer, »haben Sie das nämlich von der falschen Seite her angepackt. Sie versuchten, die Welt mit Hilfe der Menschen zu verändern. Und das war falsch, denn wenn Sie sie wirklich verändern wollen, müssen Sie das ohne die Menschen machen!«

»Wie meinst du das?« fragte Iwan Iwanowitsch.

»Ich meine«, fuhr der Computer fort, »daß es nicht richtig war, die Aufhebung der Armeen zu befehlen, wir hätten dies alles selber tun sollen, und ich bin der Meinung, daß wir es heute noch tun sollten.«

»Gut und recht, aber das geht ja gar nicht!« meinte Iwan Iwanowitsch.

»Das geht«, sagte der Computer. »Ich habe das genau berechnet. Wir könnten die Erde vom Nord- bis zum Südpol in einer spiralförmigen Bahn mit etwa zweihundertundfünfzigtausend Windungen überfliegen und dann das gleiche noch mal vom Süd- zum Nordpol. Dabei kann ich das jeweils überflogene Gebiet mit einer Art von Röntgenstrahlen nach Kanonen, Panzern, Bombern, Kriegsschiffen, Unterseebooten, Interkontinentalraketen, Gewehren, Pistolen, Revolvern, Uniformen, Orden, Armeelastwagen, Kasernen, Bunkern, Munitionsdepots, gewissen Industrieanlagen, Schießständen, Militärverwaltungsgebäuden, Geheimdienstbüros, Militärmuseen, Kriegs-, Gefallenen- und Heldendenkmälern, Kriegsfilmen, Instruktionsfilmen, unterirdischen Raketensilos, Unterwasserbombendepots, Spionagesendern, Propagandasendern, Schlagringen und Nervengasbehältern absuchen.«

»Geht das wirklich?« fragte Iwan Iwanowitsch ungläubig.

»Aber natürlich!« sagte der Computer. »Dann werden wir außerdem noch sämtliche Grenzpfähle, Grenzposten, Wachtürme, Landkarten, Geschichts- und Geographiebücher, Atlanten, Grundbuchämter und so weiter zerstören.«

»Das geht?«

»Ja klar!«

»Phantastisch! Unglaublich!« schrie Iwan Iwanowitsch. »Und da entwischt dir nichts?«

»Nein, ausgeschlossen!«

»Aber das ist ja großartig!« brüllte Iwan Iwanowitsch begeistert. »Wie lange dauert das?«

»Siebenunddreißig Stunden.«

»Großartig! Und wie willst du alles zerstören?«

»Ich schlage vor, wir verwandeln alles in ein Luftgemisch.«

»Ach nein! Großartig! Großartig! In ein Luftgemisch! Großartig!« schrie Iwan Iwanowitsch, warf die Hände in die Luft und sprang auf. »Da können wir die Fernsehsendung von heute abend ja ausfallen lassen!«

»Lieber nicht!« sagte der Computer. »Das würde viele das Leben kosten. Wenn wir zum Beispiel ein Militärflugzeug, das sich in der Luft befindet, in Luft verwandeln, fallen die Leute, die sich darin befinden, aus allen Wolken. – Mehrstöckige Zoll- und Militärgebäude sollten geräumt werden, Militärflugzeuge müssen so schnell wie möglich landen, und Kriegsschiffbesatzungen steigen mit Vorteil in die Rettungsboote um. – Ich schlage vor, daß wir die

Fernsehsendung gleich jetzt machen, obschon wir zehn Stunden zu früh sind. Wir können ihnen noch fünf Stunden ab Ende der Sendung Zeit geben und beginnen dann mit unserer Aktion.«

»Gut! Einverstanden!« rief Iwan Iwanowitsch begeistert. »Let's go!!«

(›Let's go‹ ist nicht etwa Russisch, meine Damen und Herren, sondern Englisch und heißt soviel wie ›Los!‹. In in Deutschland deutsch synchronisierten amerikanischen oder englischen Kino- oder Fernsehfilmen wird es meist mit ›los, Jungs!‹ übersetzt; woher sie das ›Jungs‹ nehmen, weiß ich nicht.

Es ließ sich übrigens nie mit absoluter Sicherheit feststellen, warum Iwan Iwanowitsch diesen Ausdruck kannte. Professor Doktor Doktor Karl-Heinz Prachtsmann-Prachtsmann, Dozent an der Universität Göppingen, äußerte im Jahre 1973 in einem Interview mit Radio Luxemburg die Meinung, daß Iwan Iwanowitsch den Ausdruck ›Let's go‹ vom Ende einer Bedienungsanleitung einer amerikanischen Rechnungsmaschine her kannte, die die Sowjetunion im Zweiten Weltkrieg in einigen Exemplaren von den USA erhalten hatte. Was reiner Unsinn ist, denn es ist sehr unwahrscheinlich, daß jemand einen Ausdruck einer Sprache, die er nicht versteht, lernt und ihn dann auch noch richtig anwendet. Und noch viel unwahrscheinlicher ist, daß jemand, der kein Wort Englisch versteht, eine in Englisch verfaßte Bedienungsanleitung bis zum Ende durchliest.)

Iwan Iwanowitsch begann seine dritte Botschaft an die Völker der Erde, was für diese sehr überraschend kam, weil man sie ja erst zehn Stunden später erwartet hatte.
So kam es, daß viele Menschen die Botschaft des Iwan Iwanowitsch in der Badewanne, in Weltuntergangsandachten oder, obwohl sie es anders vorgehabt hatten, in nüchternem Zustand hörten.
Iwan Iwanowitsch faßte sich kurz, klipp und klar und sagte etwa folgendes: »Liebe Menschen, ich rate euch dringend, falls ihr euch eben in einem Gebäude aufhaltet, in dem man sich direkt oder indirekt mit der Produktion oder Verwaltung von Zoll- oder Militärdingen befaßt, dieses innerhalb der nächsten fünf Stunden zu verlassen, da es in Luft aufgelöst werden wird. Verlassen Sie das Gebäude auch, wenn Sie dies eigentlich nicht tun dürften oder wenn Sie auch nur den leisesten Verdacht haben, daß das Gebäude unter eine der eben genannten Kategorien fallen könnte. Ferner landen Sie sofort, falls Sie sich in einem Militärflugzeug befinden! Steigen Sie in die Rettungsboote um, falls Sie sich auf einem Kriegsschiff befinden! In genau fünf Stunden, gerechnet ab Ende dieser Sendung, beginnt die Zerstörung dieser obengenannten Dinge. Sie wird sich über die darauffolgenden nächsten siebenunddreißig Stunden erstrecken. Auf Wiedersehen!«

XVIII. Kapitel.
Iwan Iwanowitsch führt ein bedeutsames Gespräch.

Der Computer hatte das Raumschiff zum Nordpol dirigiert und flog jetzt in einer spiralförmig um die Erde verlaufenden Bahn mit atemberaubender Geschwindigkeit über die Erdoberfläche.

Iwan Iwanowitsch, das Krokodil, Oao, Alpha, Omega und Delta hatten eben zu Abend gegessen, und die Kleinen erzählten mit Feuereifer, was sie den Tag über getrieben hatten. Sie sprachen über verschiedene Dinge zur gleichen Zeit und verschluckten sich an ihren eigenen Worten.

Iwan Iwanowitsch nannte sie seine lieben Kleinen und sagte außerdem, daß er stolz auf sie sei, weil sie Kinder seien, auf die man stolz sein müsse.

Dann erzählte Iwan Iwanowitsch, weil es seiner momentanen Stimmung entsprach, folgenden Witz, vor dem ich Sie übrigens warnen möchte: »Es lebten einmal vor langer, langer Zeit drei kleine Schildkrötchen am Rande der Wüste.

Das eine Schildkrötchen nannte sich A, das andere B und das dritte nannte sich C.

Eines Tages nun sagte das Schildkrötchen A zum Schildkrötchen B: ›Weißt du was, mein Liebes? – Wir packen unsere Rucksäckchen und erkunden ein wenig die Wüste.‹

›Au fein!‹ sagte das Schildkrötchen B.

›Au fein! Prima! Exorbital!‹ schrie das Schildkrötchen C.

Und da packten sie ihren ganzen Hausrat in die kleinen Rucksäcke und zogen in die Wüste, um etwas von der Welt zu sehen und eine Menge zu erleben.

Und sie wanderten ein Jahr. Und ein weiteres Jahr. Noch elf Monate und noch drei Wochen. Da sagte das Schildkrötchen C zu den Schildkrötchen A und B: ›Wißt ihr was, Kinder?! – Langsam, langsam bekomme ich aber wirklich Lust, wieder einmal etwas zu trinken!‹

›Ich verstehe‹, sagte das Schildkrötchen A. ›Geht mir gewissermaßen ja auch so. Ich wundere mich nur, daß ich nicht selber auf die Idee gekommen bin. Schlage also vor, daß wir bei der nächsten Oase einen kleinen Halt einschalten.‹

›Au fein!‹ sagte das Schildkrötchen B.

›Au fein! Prima! Exorbital!‹ schrie das Schildkrötchen C.

Und wirklich, sieben Tage später, es waren genau drei Jahre seit ihrer Abreise vergangen, trafen sie auf eine kleine Oase.

Die Oase war sehr klein, effektiv winzig, eigentlich war es nur ein Tümpel, der in etwa dreißig Zentimetern Entfernung von seinem ›Ufer‹ von einem Ring von gelbgrünen Grasbüscheln umgeben war.

›Wißt ihr was?‹ fragte das Schildkrötchen A mit einem bedeutungsschwangeren Ton in seiner Stimme.

›Nein!‹ schrien das Schildkrötchen B und C erwartungsvoll.

›Jedes packt sein Täßchen aus, und dann trinken wir miteinander auf das weitere Gelingen dieser Reise!‹ schlug das Schildkrötchen A vor.

›Au fein, das machen wir!‹ sagte das Schildkrötchen B.

›Au fein! Prima! Exorbital! Das machen wir!‹ schrie das Schildkrötchen C.

Da packten sie ihre Täßchen aus, füllten sie mit Wasser und wollten miteinander auf das weitere Gelingen ihrer Reise anstoßen, da stellte es sich heraus, daß das Schildkrötchen C sein Täßchen zu Hause vergessen hatte.

›Was sollen wir da machen?‹ fragte das Schildkrötchen B.

›Das ist doch ganz einfach!‹ sagte das Schildkrötchen A, nachdem es ein Weilchen sein Stirnchen in Falten gelegt und überlegt hatte: ›Es geht eben nach Hause und holt rasch sein Täßchen, derweil wir hier warten.‹

›Au fein!‹ sagte das Schildkrötchen B.

›Von mir aus‹, sagte das Schildkrötchen C.

›Geh ruhig!‹ sagte das Schildkrötchen B. ›Wir versprechen dir, daß wir hier warten und nicht trinken, bis du wieder zurückgekommen bist.‹

›Gut‹, sagte das Schildkrötchen C. ›In diesem Fall.‹ Es wandte sich um, lief vom Tümpel weg und schlug sich durch die Grasbüschel.

Die beiden zurückgebliebenen Schildkrötchen warteten. Sie warteten ein Jahr, nochmals ein Jahr und nochmals ein Jahr. Da sagte das Schildkrötchen A: ›Jetzt ist es daheim.‹

Und sie warteten wieder ein Jahr und wieder ein Jahr. Und nochmals elf Monate und drei Wochen. Da sagte das Schildkrötchen B zum Schildkrötchen A: ›Jetzt habe ich das Schnäuzchen voll! Ich kann nicht mehr! Ich muß jetzt Wasser trinken!‹

Das Schildkrötchen A hielt das Schildkrötchen B, das bereits ans Wasser gehen wollte, auf und sagte besonnen: ›Aber sag mal, es geht nur noch sechs Tage, und da willst du schlappmachen?!‹

Es vergingen fünf weitere Tage, da rannte das Schildkrötchen B mit den Worten ›Ich kann nicht mehr!‹ ans Wasser.

›Bist du von Sinnen!!‹ schrie das Schildkrötchen A entsetzt und konnte das Schildkrötchen B gerade noch am Schwänzchen erwischen, bevor es zu spät war. ›Hast du nicht mehr alle Täßchen im Schrank?!!‹ schrie es. ›Es geht nur noch *dreiundzwanzig* Stunden!! Das wirst du wohl noch aushalten können!‹

Das Schildkrötchen B folgte dem Schildkrötchen A murrend wieder in den Schatten der Grasbüschel zurück.

Aber genau zweiundzwanzig Stunden später raste das Schildkrötchen B, noch ehe es das Schildkrötchen A zurückhalten konnte, ans Wasser und trank. Im selben Moment teilte sich ein Grasbüschel, und das Schildkrötchen C, das sein Täßchen daheim vergessen hatte, näherte sich den beiden zurückgebliebenen Schildkrötchen und sagte: ›Ihr habt mir doch gesagt, daß ich ruhig gehen kann, und mir doch ausdrücklich versprochen, nichts zu trinken, bis ich wieder zurückgekommen bin. Aber wenn *dies* eure Art ist, Versprechen zu halten, dann geh ich schon gar nicht!!!‹

Ist der nicht gut?!« schrie Iwan Iwanowitsch und lachte brüllend. »Der ist doch gut!«

(Nun, meine Damen und Herren, werden Sie sich darüber ärgern, daß ich Ihre ach so kostbare Zeit damit vergeudet habe, einen Witz zu erzählen, der Ihnen schon längstens, schon längstens bekannt war.

Obwohl ich es natürlich nicht nötig habe, mich vor Ihnen zu rechtfertigen, möchte ich doch erwähnen, daß es eben keineswegs ausreichend und für alle verständlich gewesen wäre, wenn ich gesagt hätte: »Und Iwan Iwanowitsch erzählte den Witz mit den drei Schildkrötchen«, und zwar einfach darum, weil so viele Leute den Witz bei gleicher Grundhandlung unsinnigerweise mit drei Brückenechsen, drei Eiderenten, drei Ebervögeln oder, was der Gipfel des Blödsinns ist, mit drei Einsiedlerkrebsen erzählen.)

Dann tranken sie zur Feier des Tages Champagner, den Iwan Iwanowitsch im COMPOSER hatte machen lassen, und schon nach kurzer Zeit waren alle betrunken, die Kinder natürlich zuerst.

Aber solange es die Klarheit seines Verstandes noch zuließ, führte Iwan Iwanowitsch mit seinem Krokodil – das jetzt nicht mehr grün war, sondern appetitlich rosa und überhaupt, mit Ausnahme der knallrot gebliebenen Nase, aussah wie ein etwas kleingeratenes, aber gut gebautes Menschenfräulein – folgendes, für den Lauf der Geschichte eminent wichtiges Gespräch:

»Was machen wir nachher?« hatte das Krokodil Iwan Iwanowitsch gefragt.

»Was, wie nachher?« fragte Iwan Iwanowitsch zurück.

»Nachher, wenn du hier alles erledigt hast!«

»Was erledigt?«

»Du wolltest doch alle Grenzen aufheben und die Armeen abschaffen, mein Schatz.«

»Ja, für den Anfang! Es gibt noch eine Menge anderer Dinge, die ich auch noch ändern muß.«

»Was denn zum Beispiel?«
»Die Menschen arbeiten viel zuviel.«
»Ist das wahr?«
»Ich kenn das doch!«
»Glaubst du, du kannst dagegen etwas machen?«
»Ich werde es ihnen verbieten!«
»Verbieten? Sie werden sich einfach nicht an deine Anordnungen halten.«
»Das wird ihnen aber nichts nützen, das haben sie jetzt schon einmal probiert.«
»Wie willst du so etwas denn überwachen? – Stell dir zum Beispiel einmal vor, ich sitze in diesem Stuhl und würde über eine Arbeit nachdenken. Glaubst du, du siehst mir an, daß ich über eine Arbeit nachdenke?«
»Natürlich nicht!«
»Eben! Über eine Arbeit nachdenken ist aber das gleiche wie arbeiten!«
»Was würdest du denn machen?«
»Vor einigen Jahren haben sich die Marsianer in einem ähnlich miesen Zustand befunden wie diese Menschen. Wir beschlossen, ihnen zu helfen, und brachten einige Satelliten, die Grenzmarkierungen, sämtliche Waffen und ähnliches zerstören sollten, in eine ständige Spiralbahn um den Mars. Heute leben sie wahrscheinlich in Glück und Frieden, und der Rest – ich meine, was du da eben angesprochen hast – wird sich schon von selber gegeben haben. – Und was bei diesen Marsianern gewirkt hat, wird bestimmt auch hier wirken!«
»Meinst du?« fragte Iwan Iwanowitsch ungläubig.
»Und wenn wir das mit den Satelliten erledigt

haben, gehen wir zum Aoa zurück oder besiedeln eine noch unbewohnte Insel auf dem Dritten Planeten im Abraxasnebel oder irgendeinen Himmelskörper.«

»Ja, und die Erde? Meine Erde?« fragte Iwan Iwanowitsch traurig.

»Wir können doch nicht ewig in diesem Raumschiff leben, und auf die Erde gehen können wir auch nicht; die würden bestimmt versuchen, mich oder eines der Kinder zu entführen! – Wenn sich auf der Erde eine gefährliche Situation ergibt, kannst du die auch vom Dritten Planeten im Abraxasnebel oder einem anderen Planeten aus behe-behe-behe-behe-behe-beheben!«

Das Gespräch zwischen Iwan Iwanowitsch und dem Krokodil wurde auf Grund des wachsenden Alkoholeinflusses, unter dem die beiden standen, zusehends unklarer.

XIX. Kapitel.

Dieses Kapitel erzählt Ihnen Dinge, die das achtzehnte Kapitel noch nicht erzählt hat, wie das neunzehnte Kapitel vielfach so an sich haben.

Während Iwan Iwanowitsch, das Krokodil und die Kinder ihren Rausch ausschliefen, öffneten sich unten auf der Erde in mehreren Großstädten riesige Schächte in den Straßen: ehemalige Raketenabschußrampen, von denen nicht einmal der Besitzer der kleinen Bar gegenüber etwas gewußt hatte. Der Laden eines Champignonshändlers löste sich in Luft auf, und keiner der Nachbarn hatte auch nur geahnt, daß das Champignonsverkaufen nicht des Mannes Haupt-, sondern Nebenbeschäftigung war. Hochhäuser wurden in Luft umgewandelt, wobei immer eine starke Druckwelle entstand, da das Volumen der aus dem festen Baustoff entstandenen Luft das des ursprünglichen Baumaterials um ein Vielfaches übertraf. Deshalb gingen dann in der näheren Umgebung eine Menge Fensterscheiben zu Bruch, und in der Nähe herumstehende Leute wurden umgeblasen.

Gedenktafeln wurden in Luft aufgelöst, Fischkutter, die sich allein schon durch allzu aufwendige Antennenaufbauten verraten hatten, Bomber, Unterseeboote, deren Auflösung in Luft, sofern sie nicht aufgetaucht waren, sich durch eine große Luftblase anzeigte, die aus den Tiefen des Meeres aufstieg und blubbernd an der Wasseroberfläche zerplatzte.

Überhaupt hatten es erstaunlich viele vorgezogen, den Heldentod zu sterben, den derjenige stirbt, der ›seine Pflicht‹ erfüllt oder irgend etwas anderes macht, was anderen nützt, obwohl er genau, mit neunundneunzigprozentiger Sicherheit weiß, beziehungsweise, eine Normalintelligenz vorausgesetzt, wissen sollte, daß es ihn sein wertes Leben kosten wird. Ob einer, der obige Bedingungen erfüllt hat, dann tatsächlich den Schritt zum allseits verehrten Helden schafft, hängt zunächst davon ab, ob er Glück hat, vor allem aber davon, ob er gebraucht wird oder nicht. Das zweite vergißt man leicht, und mit dem ersten hatten offensichtlich viele gerechnet, wenigstens lassen das die damals allenthalben gesendeten, von Widerstandswillen strotzenden Funksprüche mit Namensangabe der Sender vermuten.

Unterseeboote tauchten nicht auf, Militärflugzeuge blieben in der Luft, viele Menschen verließen militäreigene Gebäude nicht, obschon sie gehört hatten, daß diese zerstört werden würden.

Als Iwan Iwanowitsch erwachte, nachdem er etwa sechzehn Stunden lang geschlafen hatte, brummte ihm der Schädel, weil er, wie er sich nach einiger Zeit erinnerte, zu viel Champagner getrunken hatte. Er ließ sich im COMPOSER die gleichen Anti-Kater-Pillen machen, die ihm schon nach der durchzechten Nacht beim Aoa ein wenig geholfen hatten, weckte das Krokodil und die Kinder, gab jedem eine Pille und schluckte selber zwei davon.

Dann aßen sie lustlos Speck mit Eiern, und die Kinder verzogen sich anschließend irgendwo im Raumschiff, um zu spielen. Iwan Iwanowitsch und das Krokodil blieben alleine im Kommandoraum zurück. Er hatte seinen rechten Arm um sie gelegt, sie standen am Rande der Glaskuppel und schauten auf die Erde hinunter. Das Raumschiff hatte die Erde

bereits zweimal in einer Spiralbahn umflogen und schwebte jetzt über einer am Meer gelegenen Stadt, die sich aus einem alten Stadtteil, einem großen Hochhaus-Wohnquartier und Industrieanlagen zusammensetzte.
Es war Nacht. Auf dem Meer blinkten die Lichter der allabendlich auslaufenden Fischerboote. Der alte Teil der Stadt war dunkel, die Bewohner, meist ältere Leute, waren zu Bett gegangen, nur die Straßenlaternen brannten und beleuchteten die verlassenen Plätze. In den neuen Wohnquartieren säumten parkierte Autos die Straßenränder, und das grüne Licht der Straßenbeleuchtung spiegelte sich in hellen, verzogenen Reflexen auf Lack und Chromteilen der Automobile. Flutlichtstrahler übergossen metallene Rohrschlangen und die Fabrikstraßen der Industrieanlagen am Rande der Stadt, aus Überdruckventilen entwich silberner Dampf, und nackte Hochkamine, die rot an- und abblitzende Lichter trugen, stießen ihren dunkeln Rauch in den Himmel.
Da es in dieser Stadt keine Militär- oder Zolleinrichtungen gegeben hatte, war nur wenig zerstört worden. Das Raumschiff hatte hier nur einige Geschichtsbücher und Atlanten in Luft aufgelöst, was meist nicht einmal bemerkt wurde, und die Pistolen, Uniformen und Gummiknüppel der Polizei.
Iwan Iwanowitsch schaute auf die Stadt und dachte an die vielen Menschen, die da unten bald unruhig einem neuen Arbeitstag entgegenschliefen.
Viele von Ihnen, meine Damen und Herren, werden sich schon darüber gewundert haben, daß die Menschen nach den Fernsehsendungen des Iwan Iwano-

witsch nicht in Panik ausbrachen, weiterarbeiteten, ja sogar noch schlafen konnten, da der Mensch doch im allgemeinen und nicht ohne Grund denjenigen fürchtet, den er als mächtiger als sich selber erkenne, weil, wie die Erfahrung lehre, zu erwarten sei, daß dieser dieses Mehr an Macht früher oder später auf die eine oder andere Art und Weise und selten zum Wohle des Schwächeren auch ausnützen werde.

Dazu kann ich nur sagen, daß ich es mir auch nicht mit absoluter Sicherheit erklären kann. Vielleicht ließen sich die Leute durch ihre Regierungen beruhigen, sie sehnten sich wahrscheinlich geradezu nach Beruhigung und waren deshalb bestimmt auch nicht allzu anspruchsvoll. Und so erstaunlich ist das Ganze ja auch wieder nicht, wenn man bedenkt, daß sie mit der gleichen Ruhe schon ganz andere Dinge verschlafen hatten. Kurz und gut, und wir wollen ja auch nicht allzu politisch werden, die Mehrzahl derjenigen, die im vierzehnten Kapitel nicht ›Scheiße‹ gesagt hatten, schliefen in dieser Nacht so gut oder so schlecht wie immer.

Eigentlich reichte es nicht, den Menschen Armee und Waffen und Zoll und Staatsgrenzen wegzunehmen und einige Satelliten in eine Erdumlaufbahn zu bringen, die die Neuschaffung des eben Zerstörten zu verhindern hatten, dachte Iwan Iwanowitsch, und es kam ihm die Fotografie in den Sinn, die er einmal in einem Buch gesehen hatte und die die gesunde Lunge eines in der Wildnis geschossenen und die, in Gestalt und Färbung veränderte, eines etwa gleich alten, in einem Stadtzoo verendeten Bären im Vergleich gezeigt hatte.

»Ich will dir sagen, was ich am liebsten möchte«, sagte Iwan Iwanowitsch zu seinem Krokodil. »Ich möchte ihnen COMPOSER geben, die außer Waffen alles herstellen könnten, zum Beispiel auch einen Motor, der wie unser Raumschiff die Energie der Abstoßungskräfte ausnützen kann.«

»Das geht!« sagte der Computer. »Damit würden Sie sie in die sechste Enwicklungsstufe bringen.«

»In die sechste Entwicklungsstufe?« fragte Iwan Iwanowitsch.

»Ja«, antwortete der Computer. »Durch Beobachtung verschiedener Himmelskörper über längere Zeiträume hinweg haben wir festgestellt, daß sich die Technik in den meisten Populationen in fünf Stufen entwickelt, nämlich erstens, sie existiert nicht, zweitens, sie existiert und nützt, drittens, sie existiert, nützt und schadet, viertens, sie existiert, nützt und schadet, schadet aber mehr als sie nützt, fünftens, sie beschäftigt sich praktisch ausschließlich damit, wenigstens einen Teil der Schäden, die sie selber produziert, zu beheben, und dann kommt entweder ein Rückfall auf Stufe 1, oder, als seltene sechste Stufe, die Erfindung des COMPOSERS.«

»Das würde aber viele COMPOSER brauchen«, seufzte das Krokodil.

»Ja, dann machen wir eben viele!« sagte Iwan Iwanowitsch.

»Und wie sollen die Leute wissen, für was der Apparat gut ist, wie man ihn bedient, und daß er ab und zu Wasser braucht?« sagte das Krokodil.

»Das kann ihnen der COMPOSER erklären«, sagte der Computer.

»Und wenn sie Angst vor ihm haben?«

»Das wird sich geben«, sagte Iwan Iwanowitsch. »Viel mehr würde mich interessieren, wie diese Sache aufzuziehen wäre.«

»Einen Augenblick bitte!« sagte der Computer. »Das werde ich in einigen Sekunden sagen können ...

. . . Nur noch einen Augenblick Geduld! . . .

...Für den Anfang werden wir etwa dreieinhalb Milliarden COMPOSER bauen müssen. – Da die Fabrikation dieser dreieinhalb Milliarden Apparate viel Zeit in Anspruch nehmen wird, schlage ich vor, daß wir statt der COMPOSER eine selbständig arbeitende COMPOSER-Produktionsanlage bauen. Diese Produktionsanlage wird recht groß werden, wir können sie aber stückweise in unserem COMPOSER herstellen, die einzelnen Teile durch den Liftschacht nach draußen befördern und sie dort zu einem Ganzen zusammensetzen. Dann bauen wir noch einige Transportraumschiffe, die die COMPOSER nach einem genauen Plan verteilen. – Das zum Bau der Produktionsanlagen und der Raumschiffe nötige Wasser werden wir uns, da wir schon hier sind, direkt aus dem Meer holen. – Wenn Sie wollen, können wir gleich damit beginnen.«

»Bitte!« schrie Iwan Iwanowitsch. »Zuerst laß ich eine kleine Rede vom Stapel, und wir können beginnen!«

»Einverstanden!« sagte der Computer.

»Kann ich damit beginnen?« fragte Iwan Iwanowitsch.

»Ja!« sagte der Computer.

»Und die Rede kannst du ruhig einige Stunden lang wiederholen!«

»Mach ich.«

»Kann ich anfangen?«

»Jaaaa!«

»Meine Damen und Herren, hier spricht noch mal Iwan Iwanowitsch. – Jeder von Ihnen bekommt in den nächsten Tagen einen Apparat, den er ab und zu mit Wasser auffüllen muß und in dem er alles, was er will, herstellen, aber auch wieder verschwinden lassen kann. So können Sie für sich allein mehr Gold haben, als es je auf einem Haufen gegeben hat! Sie können Banknoten oder Anteilscheine herstellen, damit Ihr Haus heizen oder sie anderen Zwecken zuführen, zu denen sie sich dank Beschaffenheit und Format ja ganz besonders gut eignen. – Auf Wiedersehen, und macht keine Dummheiten, sonst schreite ich ein!«

»Du kannst jetzt beginnen«, sagte Iwan Iwanowitsch. »Müssen wir den Kommandoraum verlassen?«

»Nein, bleiben Sie hier!« sagte der Computer.

Das Raumschiff entfernte sich etwa dreihundert Meter weit von der Küste, senkte sich bis zu einer Höhe von zirka dreißig Metern auf die Wasseroberfläche hinunter und ließ einen langen Schlauch ins Wasser hinunter, um Atomteilchen für die Herstellung der Produktionsanlagen und der Transportraumschiffe ins Raumschiff hinaufzupumpen.

Dann öffnete sich der Liftschacht, und das Donnern der nahen Meeresbrandung und der Geruch von Seetang, Algen und Salz – den das Krokodil, die herbeigeeilten Kinder und Iwan Iwanowitsch, der das Meer auch noch nie gerochen hatte, begeistert einatmeten – füllten den Kommandoraum.

Der COMPOSER rollte an die Liftschachtöffnung und begann, die Einzelteile für die Herstellung der Produktionsanlage zu fertigen, die er dann mit Greifarmen aus sich herausholte und in den Liftschacht schob. Unten nahmen vier Greifarme, von deren Existenz Iwan Iwanowitsch nichts gewußt hatte, die Einzelteile in Empfang und fügten sie zusammen.

Als der Morgen anbrach, hatte das Raumschiff zwanzig feuerrote Kästen – jeder von der Höhe eines vierstöckigen Hauses und der Ausdehnung von sechzehn zu je zweien nebeneinander angeordneten Fußballfeldern – zusammengebaut. Jeder dieser feuerroten Kästen war wie eine Bienenwabe in vierundsechzig Kammern unterteilt, die oben und unten von einem fotoblendenähnlichen Verschluß verschlossen wurden. Sie schwebten in etwa zwanzig Metern Höhe über der Wasseroberfläche und hielten zur Versorgung mit Atomteilchen einen dicken Gummirüssel ins Wasser.

Dazu hatte der Computer noch vierzig aus silbernen Rohrgerüsten bestehende, spinnenähnliche Gebilde bauen lassen, die genauso groß wie die roten Kästen und auf der einen Seite mit vierundsechzig regelmäßig angeordneten Saugnäpfen versehen waren.
Die roten Kästen fabrizierten pro Kammer zwei COMPOSER, dann legte sich je eine Spinne an ihre Ober-, beziehungsweise Unterseite, und zwar so, daß je einer ihrer vierundsechzig Saugnäpfe in je eine der vierundsechzig Kammern hineingriff. Die Kammern öffneten sich oben und unten, die Saugnäpfe der Spinnen fuhren in sie hinein, zogen die eben fabrizierten COMPOSER aus ihnen heraus und transportierten sie weg. Nach wenigen Sekunden waren sie wieder da, und das Ganze begann von neuem.

Als alle Produktionsanlagen liefen, ließ der Computer den Liftschacht schließen, den COMPOSER wieder an seinen alten Platz rollen und den Wasserschlauch einziehen.
Dann sagte er: »Die Produktion der COMPOSER dauert etwa einen Monat. Zwischendurch werden aber noch die Satelliten fabriziert, die die Herstellung von Waffen und die Neubildung von Grenzen verhindern sollen. – Es funktioniert alles, wir können gehen.«
»Gehen?« fragte Iwan Iwanowitsch. »Wieso? Wohin?«
»Ja, weißt du denn nicht mehr?!« schrie das Krokodil. »Wir wollten doch einen Himmelskörper besiedeln!«

»Und wenn hier etwas nicht klappt?« fragte Iwan Iwanowitsch.
»Das klappt schon!« sagte das Krokodil.
»Meinst du wirklich?!« sagte Iwan Iwanowitsch.
»Ja, natürlich!« schrie das Krokodil.
»Gut, gut, gut, gut!« sagte Iwan Iwanowitsch. »Gut, gut, gut, gut! Aber zuerst werde ich noch jemanden holen, den ich unbedingt mitnehmen will.«

xx. Kapitel.
Mama Kolokol geht Pilze suchen.

Da schönes Wetter war, hatte Mama Kolokol heute morgen beschlossen, Pilze suchen zu gehen. Die einundzwanzig Geheimdienst-Leute, die ihr seit der ersten Radio- und Fernsehrede des Iwan Iwanowitsch auf Schritt und Tritt folgten, weil sie den Auftrag hatten, Mama Kolokol, ohne deren Bewegungsfreiheit einzuschränken, zu überwachen, folgten ihr fluchend in den Wald.
Zu diesem Zeitpunkt waren bereits etwa fünfzehn Stunden vergangen, seit sämtliche Geheimdiensteinrichtungen, Geheimdienstakten, Geheimdienstwaffenlager und so weiter in Luft aufgelöst worden waren. Die einundzwanzig Geheimagenten wußten nichts davon, niemand hatte sie davon unterrichtet. Sie hatten natürlich die Ankündigung des Iwan Iwanowitsch gehört, daß er, Iwan Iwanowitsch, sämtliche Geheimdiensteinrichtungen und so weiter in Luft auflösen werde, sie hatten auch die vierte Rede des Iwan Iwanowitsch gehört, in der die Verteilung der COMPOSER angekündigt wurde, sie selber hatten aber noch keinen bekommen, und über die In-Luft-Auflösung irgendwelcher Dinge schwiegen sich Zeitungen, Radio und Fernsehen aus. Und so kam es auch, daß sie, obwohl sie es mehrfach in Betracht gezogen hatten, doch nicht wagten, die Überwachung aufzugeben. Sie folgten Mama Kolokol auf Befehl einer Organisation, die es nicht mehr gab und nie wieder geben würde.
(Meine Damen und Herren, Sie werden übrigens in Kürze das Wort ›watscheln‹ lesen können!

Lassen Sie mich Ihnen versichern, daß ich dieses Wort nur ungern verwende, weil ihm im Zusammenhang mit menschlicher Gangart ein etwas forcierter, unechter und unbedingt lustig sein wollender Klang anhaftet. Daß ich das Wort trotzdem gleich verwenden werde, hat seine Ursache darin, daß mir einfach kein treffenderes Verbum eingefallen ist.)

Mama Kolokol war ganz in Schwarz gekleidet, trug ein schwarzes, weiß getüpfeltes Halstuch und watschelte mit unterhalb der Knie stark nach innen gekippten Beinen voraus. Hinter ihr folgten, in Einer-Kolonne und sortiert nach Dienstjahren (der Dienstälteste zuhinterst), die einundzwanzig Geheimagenten, alle mit demselben weißen Regenmantel, dunklen Hut und Sonnenbrille.

(Falls Sie sich nicht mehr erinnern, Mama Kolokol ist die Mutter des Iwan Iwanowitsch.)

Da Mama Kolokol darauf bestand, das ganze Körbchen mit Pilzen zu füllen, halfen ihr die Geheimagenten Pilze sammeln, weil sie möglichst bald aus diesem feuchten Dreckswald, wie sie ihn zu nennen beliebten, wieder herauskommen wollten.

Plötzlich nahm aber etwas anderes die Aufmerksamkeit der Männer in Anspruch.

Knapp über den Baumwipfeln fliegend, näherte sich in gemächlichem Fluge das Raumschiff des Iwan Iwanowitsch, überflog Mama Kolokol und die einundzwanzig Geheimagenten und entfernte sich ebenso betont langsam wieder. Wahrscheinlich suchte es einen Landeplatz.

Die Geheimdienstler rannten dem Raumschiff nach, verloren es aber nach zweihundert Metern aus den

Augen. Sekundenbruchteile später packte eine eiserne Zange Mama Kolokol ebenso sanft wie bestimmt um die Hüften und hievte sie durch den Liftschacht ins Innere des blitzschnell zurückgekehrten Raumschiffes.
Kaum stand Mama Kolokol fest mit beiden Füßen auf dem Boden, kaum hatte sie bemerkt, daß es Iwan Iwanowitsch, ihr Sohn, war, der vor ihr stand, schrie sie: »Was fällt dir ein! So mit deiner armen alten Mutter umzugehen!«
»Es ging nicht anders«, entschuldigte sich Iwan Iwanowitsch.
»Wieso, es ging nicht anders!« schrie Mama Kolokol. »Wenn es nicht anders ging, hättest du es eben anders versuchen müssen!«
Iwan Iwanowitsch, der seine Mutter kannte, versuchte, sie mit der Frage, wie es ihr denn so gehe, abzulenken. Er hätte sich die Mühe aber sparen können, denn unterdessen hatte sie entdeckt, daß eine Frau neben ihm stand, die wie ihr Sohn nur mit einer Art goldener Badehose bekleidet war, daß er, Iwan Iwanowitsch, seinen rechten Arm um diese Frau geschlungen hatte und daß ferner vier Knirpse im Raum umhertollten.
»Wer ist das?« fragte sie und zeigte auf das Krokodil.
»Das ist meine Frau. Ich nenne sie Krokodil.«
Nach einer Schrecksekunde sagte Mama Kolokol ironisch, nachdem sie irgendwie konstatiert hatte, daß drei der Kinder eine gewisse Ähnlichkeit mit ihrem Sohn hatten: »Und das sind wohl deine Kinder?«
Iwan Iwanowitsch erzählte ihr dann seine Erleb-

nisse, was recht mühsam war; nicht etwa, weil Mama Kolokol alles wissen wollte, sondern weil sie leicht schwerhörig war oder sich vielmehr leicht schwerhörig stellte, so daß er ihr ab und zu etwas zwei, drei oder mehr Male wiederholen mußte.

Schließlich aber umarmte Mama Kolokol ergriffen das Krokodil, küßte die Kinder, gab ihrer übergroßen Freude Ausdruck, endlich Großmutter geworden zu sein, und verkündete, daß sie einen Apfelstrudel backen werde. Iwan Iwanowitsch versuchte, ihr das auszureden, mußte aber nachgeben und im COMPOSER Mehl, Zucker, Eier, zwei Zitronen, gemahlene Haselnüsse, Rosinen, Zimt, Äpfel, Butter, Rum für den Strudel, Wodka zum Trinken, ein Rüstmesser, eine Obstraffel, eine Küchenwaage, eine Schüssel, ein Wallholz, eine Rührkelle und einen Backofen machen lassen und Wasser aus dem Badezimmer holen.

Das Krokodil und die Kinder schauten verwundert zu, wie Mama Kolokol Eier aufschlug, Teig knetete und Äpfel rüstete. Noch nie in ihrem ganzen Leben hatten sie jemanden einen Kuchen backen sehen.

Als der Kuchen gebacken, erkaltet und gegessen war, sagte Mama Kolokol: »Wenn ich euch richtig verstanden habe, wollt ihr, daß ich mit euch auf euern Planeten komme.«

»Jaaaa«, sagten Iwan Iwanowitsch und das Krokodil.

»Ich komme aber nicht ohne meinen Pjotr!« sagte Mama Kolokol.

»Du kommst nicht ohne wen?!!« schrie Iwan Iwanowitsch.

»Ich komme nicht ohne meinen Pjotr!« wiederholte Mama Kolokol.
»Welchen Pjotr!!« schrie Iwan Iwanowitsch. »Ich kenne eine Menge Pjotrs, Dutzende!! Jeder Esel heißt bei uns Pjotr!! Der Abrassimov, mein Chef, heißt Pjotr, meinst du etwa den?!«
»Ich meine den Pjotr, der vor vierzig Jahren Küster bei uns gewesen ist!!« Mama Kolokol begann jetzt ihrerseits zu schreien. »Wir werden heiraten!! Während du fortwarst, haben wir uns ...«
»Du willst diesen dicken unsympathischen Kerl heiraten??« brüllte Iwan Iwanowitsch. »In deinem Alter?!! Diesen dicken unsympathischen Kerl?? Der braucht vielleicht jemanden, der ihm die Wäsche macht, aber bestimmt niemanden, der ihn liebt!!«
Iwan Iwanowitsch bereute es sogleich, seine Mutter angebrüllt zu haben, denn sie senkte den Kopf, zog den Mund in die Breite, preßte die Lippen aufeinander und legte gleichzeitig die Stirn in Falten – alles untrügliche Zeichen dafür, daß er sich bald bei ihr würde entschuldigen müssen –, und schon rollte die erste Träne, und das Krokodil, seine Frau, legte tröstend den rechten Arm um sie und warf ihm einen vorwurfsvollen Blick zu.
»Mein Pjotr ist weder dick noch unsympathisch!« schluchzte Mama Kolokol. »Er ist vielleicht nicht sehr schön, aber er ist bestimmt nicht so unbeherrscht! Und er hätte es nie gewagt, seine Mutter anzubrüllen! – Jahrelang habe ich mich für dich abgerackert, ohne Dankbarkeit von dir zu erwarten, und das ist nun der Dank dafür!«
Daß Iwan Iwanowitsch seiner Mutter schließlich

›gestattete‹, ihren Pjotr mitzunehmen, und sich auch, wie vorhin angekündigt, bei ihr entschuldigte, wird niemanden überraschen.

Es war Nacht, es regnete, und in der Luft lag ein warmer Erdgeruch, der immer dann entsteht, wenn der Regen abends in das noch die Hitze des Tages speichernde Erdreich eindringt.

Pjotr lag im Schlafzimmer seines kleinen Häuschens und schlief. Der Regen fiel in großen, schweren Tropfen auf das Dach, die dann, sich immer häufiger mit anderen Tropfen vereinend, die Schräge des Daches hinunterflossen, der Dachrinne entlangliefen, durch ein Loch am Ende der leicht schräg montierten Rinne nach unten fielen, während des Falls vom Wind wieder teilweise voneinander getrennt wurden und sich mit einem Geräusch wie von winzigen, kurz aufeinanderfolgenden, knatternden Explosionen mit dem bereits im darunterstehenden Faß enthaltenen Wasser vereinten.

Pjotr lag in seinem alten Messingbett, schlief und träumte, wie jede Nacht, daß er gestorben war und vor Sankt Petrus zitiert wurde.

»Willst du in den Himmel?« fragte dann jeweils der heilige Petrus.

Worauf Pjotr gewöhnlich antwortete: »Ja.«

Und dann fragte der heilige Petrus: »Was kannst du?«

Pjotr antwortete jeweils: »Ich bin Küster.«

Der heilige Petrus führte ihn zu einem Kirchturm und sagte: »So, läute mal!«

Pjotr läutete, und immer fiel die größte Glocke vom Turm und erschlug den Heiligen.
Wenn Pjotr am anderen Morgen erwachte, nahm er sich vor, in der nächsten Nacht noch vorsichtiger zu läuten, um wenigstens einmal zu erleben, was passieren würde, wenn das Unglück ausbliebe.
Auch heute fiel die große Glocke vom Turm und hatte eben den Heiligen erschlagen, als eine kalte, stählerne Zange, die durch das offene Schlafzimmerfenster griff, Pjotr um den Leib faßte und ihn in das Raumschiff des Iwan Iwanowitsch trug.
In seinem langen, gelb verfärbten Leinennachthemd stand Pjotr steif und regungslos da und suchte verzweifelt nach einer gedanklichen Verbindung zwischen dem tragischen Ende des Heiligen und der neuen und ungewohnten Umgebung, in der er sich jetzt befand.
»Wo bin ich?« fragte er in einer eigentümlich tonlosen Weise.
»Du bist bei uns, bei mir!« rief Mama Kolokol und schloß ihn in ihre Arme.
»Wer sind Sie?« fragte Pjotr, ohne ihre Umarmung zu erwidern.
»Ich bin Mama Kolokol!«
»Wer bin ich?«
»Du bist Pjotr! Ist dir nicht gut?«
»Sind Sie der heilige Sankt Petrus?«
Mit der Zeit begann Pjotr, immer intelligentere Fragen zu stellen, und äußerte schließlich den Wunsch mitzukommen, jedoch auf keinen Fall ohne seinen Hund.
Iwan Iwanowitsch und Pjotr suchten den Zare-

witsch, so hieß der Hund, mit einer Nachtfernsehkamera, und als sie ihn gefunden und mit dem Greifarm ins Raumschiff befördert hatten, ließ Iwan Iwanowitsch das Raumschiff starten.

Iwan Iwanowitsch, das Krokodil, Oao, Alpha, Delta, Omega, Mama Kolokol, Pjotr und der Zarewitsch machten sich mit achtzigfacher Lichtgeschwindigkeit auf die Suche nach einem neuen Himmelskörper.

Und vergessen Sie bitte nicht, meine Damen und Herren, daß dies eine wahre Geschichte ist, die sich bereits ereignet, ja sogar schon ereignet hat, haben wird!

Nachwort

Abschließend möchte ich Ihnen, meine Damen und Herren, noch für Ihre geschätzte Aufmerksamkeit danken und den letzten Satz der Rezension, die ich über mein Buch in der übrigens sehr empfehlenswerten Monatszeitschrift ›Schöne Hefte für Literatur‹ veröffentlicht habe, an den Schluß dieses Buches stellen: »Dieses Buch ist nicht einfach ein Buch wie so viele andere, dieses Buch ist für jedermann ein absolutes Muß!«

● W. F. Harvey
Die Bestie mit den fünf Fingern. Gruselgeschichten. Aus dem Englischen von Günter Eichel und Peter Naujack. Mit Zeichnungen von Peter Neugebauer. detebe 20599

● Patricia Highsmith
Der Schneckenforscher. Gesammelte Geschichten. Vorwort von Graham Greene Aus dem Amerikanischen von Anne Uhde detebe 20347
Leise, leise im Wind. Erzählungen. Deutsch von Anne Uhde. detebe 21012

● Horror
Klassische und moderne Gruselgeschichten von Edgar Allan Poe bis Ernest Hemingway. Herausgegeben von Mary Hottinger. Mit Zeichnungen von Paul Flora
Diogenes Evergreens

● Joris-Karl Huysmans
Gegen den Strich. Roman. Aus dem Französischen von Hans Jacob. Einführung von Robert Baldick. Essay von Paul Valéry
detebe 20921

● Gerald Kersh
Mann ohne Gesicht. Phantastische Geschichten. Aus dem Englischen von Peter Naujack
detebe 20366

● Sheridan Le Fanu
Carmilla, der weibliche Vampir. Vampirgeschichte. Aus dem Englischen von Helmut Degner. detebe 20596

● W. Somerset Maugham
Der Magier. Ein parapsychologischer Roman. Aus dem Englischen von Melanie Steinmetz und Ute Haffmans. detebe 20165

● Hans Neff
XAP oder Müssen Sie arbeiten? fragte der Computer. Ein fabelhafter Tatsachenroman.
detebe 21052

● Edgar A. Poe
Der Untergang des Hauses Usher. Ausgewählte Erzählungen und sämtliche Detektivgeschichten. Aus dem Amerikanischen von Gisela Etzel. Herausgegeben und mit einem Vorwort von Mary Hottinger. detebe 20233

● Herbert Rosendorfer
Der Ruinenbaumeister. Roman
detebe 20251

● Saki
Die offene Tür. Ausgewählte Erzählungen. Aus dem Englischen von Günter Eichel. Mit einem Nachwort von Thomas Bodmer und Zeichnungen von Edward Gorey
detebe 20115

● Hermann Harry Schmitz
Buch der Katastrophen. Tragikomische Geschichten. Vorwort von Otto Jägersberg Holzstichmontagen von Horst Hussel
detebe 20548

● Science-Fiction-Geschichten des Golden Age
VBon Ray Bradbury bis Isaac Asimov. Herausgegeben von Peter Naujack. detebe 21048

● Klassische Science-Fiction-Geschichten
Von Voltaire bis Conan Doyle. Herausgegeben von William Matheson
detebe 21049

● Bram Stoker
Draculas Gast. Sechs Gruselgeschichten. Aus dem Englischen von Erich Fivian und H. Haas. Mit Zeichnungen von Peter Neugebauer. detebe 20135

● Roland Topor
Der Mieter. Roman. Aus dem Französischen von Wolfram Schäfer. detebe 20358

● Jules Verne
Werke in 20 Bänden
Diverse Übersetzer. detebe

● H. G. Wells
Der Krieg der Welten. Roman. Aus dem Englischen von G. A. Crüwell und Claudia Schmölders. detebe 20171
Die Zeitmaschine. Eine Erfindung. Deutsch von Peter Naujack. detebe 20172

● Urs Widmer
Die gelben Männer. Roman. detebe 20575

● Cesare Zavattini
Liebenswerte Geister. Erzählung. Aus dem Italienischen von Lisa Rüdiger. Mit einem Vorwort von Vittorio de Sica und Illustrationen von Corina Steinrisser. detebe 21058